Fi Bâlouët

par

JACQUES RENAUD

MDCCCXCI

JACQUES RENAUD

Le Fi Bâlouët

Jacques Renaud
1890

JACQUES RENAUD

Le Fi Bâlouët

(Etudes villageoises)

PARIS

BIBLIOTHÈQUE

Artistique et Littéraire

MDCCCXCI

Il a été tiré de cet ouvrage 212 exemplaires, dont 12 sur Japon impérial et 200 sur simili-japon.

EXEMPLAIRE Nº

LE FI BALOUËT

A Léon Deschamps.

I

La demeure des Bâlouët dissimule ses
murs, plaqués de la marqueterie des végétations parasites, derrière la haie d'un
petit enclos, au bord d'un chemin creusé,
par les roues des charrettes, de deux sillons parallèles qui vont s'égarer on ne
sait où, — au loin. Un châtaignier pen-
che, au-dessus de la toiture, sa tête bran-
lante, échevelée par les vents qui passent,

éparpillant, aux automnes, sur les tuiles rongées de lèpres noirâtres, la jonchée de ses feuilles effilées, couleur de blé mûr. Devant la porte, de l'autre côté du chemin, un talus se hausse, qui barre l'horizon.

L'hiver, quand les valets de ferme abandonnent les métairies qui les ont hébergés la belle saison, ils vivaient là tous les trois, les Bâlouët : la mère, forte comme un homme, qui soignait le verger et les champs quand ses deux gars étaient partis ; le père, déjà vieux, mais s'entêtant au travail ; le fils, un garçon de vingt ans, exagérant la forte carrure de sa mère, la figure taillée à coups de couteau dans un bloc de chair rougeaude, apportant à son travail une robustesse de bête de somme, le calme puissant des bœufs au labour. L'orgueil de ses parents, la source de jeunesse et de labeur où s'abreuvait leur prospérité ; car, depuis bientôt douze années, il n'avait cessé de leur apporter ses gages, qui grossissaient à mesure qu'il prenait de l'âge ; et maintenant, peu de domestiques gagnaient autant que lui, parce qu'il avait la réputation d'un être très doux, très docile, rompu, par la rude discipline familiale, à toutes les obéissances.

D'une ladrerie poussée jusqu'à une malpropreté répugnante, — le savon coûte cher ! — la Bâlouette, se suffisant pour vivre chichement, de pain et de caillé, tout le gain des deux hommes était mis de côté. Aussi, les Bâlouët s'enrichissaient : le petit enclos, hérité jadis, s'était arrondi de plusieurs pièces de terre ; il y avait de l'argent de prêté ; le père prenait cette assurance importante des paysans qui se sentent appuyés sur un gros sac d'écus. Enfin, les propriétaires du pays commençaient à lui dire : Mon cousin, ce qui est la consécration suprême de la fortune, l'introduction dans la famille des gens riches.

Cette quiétude, cependant, venait d'être troublée, un évenement menaçait de les arrêter dans le chemin de la richesse, qu'ils suivaient avec une lente obstination.

Antoine Bâlouët — le fi Bâlouët, comme on disait communément, — venait d'entrer dans sa vingtième année. Un matin,

il lui parvint un avis l'invitant à se faire
inscrire sur la liste des conscrits. Depuis
longtemps il y pensait, pris d'une mélan-
colie à l'idée qu'il lui faudrait un jour
quitter son village, les champs fécondés
par son travail, les horizons connus, les
visages amis, et les belles filles aux joues
savoureuses, que les gars font danser, les
soirs de grandes veillées, avant de les re-
conduire par les chemins déserts où la Nuit
accrochant partout ses draperies d'ombre, laisse à peine soupçonner des re-
coins discrets, s'offrant, serres mystérieuses, à des floraisons de baisers.

Puis il songeait aux récits entendus de
quelques hâbleurs, au retour du régiment,
— se rémémorant les farces cruelles faites
aux *bleus* nostalgiques, la chair secouée
d'un frisson de terreur en comparant sa
vie tranquille d'à présent, aux tribulations
qu'il devinait l'attendre, entendant toujours résonner à ses oreilles cette prédic-
tion qu'on lui avait faite : « Té, mon
pauv' Bâlouët, t'en verras de grises, quand
tu seras militaire, pa'ce que t'es trop
nice. » — Ça c'était vrai, qu'il n'était peut-
être pas tant déluré que d'autres, qu'il fe-

rait un mauvais soldat. Alors, pourquoi
ne le laissait-on pas à sa charrue, à ses
bœufs paisibles et forts, qui le fixaient de
leurs grands yeux doux, lui râpaient les
mains de leur langue rude, le mufle tendu
pour une caresse, tandis qu'il chassait les
mouches qui se collaient, obstinées, à
leurs paupières clignottantes. Et il leur
disait des paroles attendries, s'imaginait
les aimer plus que nul autre, oubliant qu'il
venait de les maltraiter, naguère, et qu'il
recommencerait bientôt, car ces rêveries,
qui le hantaient pendant l'isolement des
labours d'automne, se terminaient par des
crises de fureur, des rages de tout anéan-
tir, qui lui faisaient planter brutalement,
de toutes ses forces, dans la peau des
malheureuses bêtes, la pointe effilée de
l'aiguillon, amenant, à chaque fois, un
filet de sang qui s'égouttait au long des
poils roux maculés d'ordures. L'attelage
se raidissait, galopait affolé ; la charrue
jaillissait hors du sillon, entraînée à la dé-
rive, les mancherons râtelant les herbes
folles, ou tressautant, en bonds fantastis-
ques, sur les bosselures du sol. Et c'étaient
ensuite des clameurs emplissant la cam-

pagne, « ça, hô... hô... Taupet, Galant...
hô... » des cris répétés à tous les échos.
Bâlouët courait, tapant des coups de pied
qui résonnaient sur le ventre, ou s'assour-
dissaient sur les joues avec un bruit mat
de chair qu'on écrase, jusqu'à ce que les
bœufs, gardant encore de leur révolte un
frémissement dont tremblait leur peau,
eussent repris l'allure régulière, de la ba-
ve poissant leurs mufles d'où s'échap-
pait un souffle court et haletant... et la
charrue ses grincements, qui s'enlevaient
aigrement sur trois tons, par séries mono-
tones, et semblaient ricaner : « Tu seras
pris, Bâlouët, tu seras pris Bâlouët. »

Pour la première fois de sa vie, il ap-
puyait ses regards sur les choses qui l'en-
vironnaient. Des gelées précoces avaient
étendu sur les verdures estivales un ba-
digeon de pourpre sale et de rouille. Les
prés se marbraient de larges taches rousses. Dans la campagne, semblant rétré-
cie, comme un vieux corps qui se tasserait
pour la tombe, il découvrait, avec stupeur,
des paysages mornes et désolés, qui lui
coulaient au cœur, sans qu'il en eût trop
conscience, leur navrement d'agonisants...

Son père et sa mère appréhendaient également ce moment de la séparation. Après avoir vagué tout le jour, chacun à sa besogne, tous les deux, réunis enfin dans leur lit aux rideaux de droguet alourdissant l'obscurité, causaient longuement, avant de s'endormir, supputant les sommes qu'il leur avait apportées, se ressouvenant des prix depuis la première année où ils l'avaient gagé, mettant les recettes en balance avec *la coûte,* estimant qu'il avait à peu près soldé ses dépenses de quand il était petit. Et voilà qu'on le leur prenait juste au moment où ils auraient pu en retirer du profit. S'il était demeuré, ils auraient acheté, sans déplacer leur argent, le pré à Fauchereau qui serait à vendre dans deux ou trois ans. Il n'y faudrait plus compter, maintenant. Ah ! le lourd crève-cœur de n'être plus qu'un à gagner dans la maison !...

Puis, le service militaire les rendait dans un bel état, les enfants ! gourmands, débauchés, — sans compter qu'il fallait se saigner aux quatre veines pour leur envoyer de l'argent, tout le temps qu'ils étaient partis : Bricou, par exemple, ve-

nait encore d'envoyer quarante sous au
sien, la quatrième fois depuis un an ! —
et d'autres, qui rapportaient des idées de
luxe, le goût des toilette ruineuses, ne
voulant plus se contenter des serges soli-
des du pays, mais cherchant à fignoler
avec des fines étoffes, qui ne valaient rien
du tout à l'usure, et qui coutaient si cher !
Trop heureux quand ils ne s'en retournaient pas malades. Et ils se disaient tous
les soirs la même histoire, en leurs rabâ-
chages de vieux ressassant une idée : le
fi Godelain, revenu d'Afrique avec une
maladie de « languission », sa force et sa
jeunesse taries dans leur source, et qui
n'en finissait pas par mourir, ruinant son
pauvre père, avec un tas de médicaments.

Le jour du tirage au sort était venu.

Le « fi Bâlouët » s'était enquis auprès
d'un voisin qui passait un peu pour sor-
cier, des meilleurs moyens de conjurer la
mauvaise chance ; sa mère, de son côté,
avait entendu dire qu'une pièce de monnaie, cousue dans la doublure du vêtement,
à l'insu de celui qui la portait, donnait la

certitude d'avoir un bon numéro. Puis, une bohémienne, tireuse de cartes, étant passée par le village, avait prédit que le jeune homme ne partirait pas.

Tout à fait rassuré, il rejoignit ses camarades au *Bon Laboureur* où l'on avait fixé le rendez-vous. Il parlait de tuer beaucoup d'ennemis, de les embrocher à la baïonnette, affectant des airs de vaillance. C'est qu'il n'aurait pas peur, lui, ah ! mais...

Depuis le matin une pluie fine, un brouillard mouillé, disaient les conscrits, enveloppait la campagne. Les arbres semblaient vernis, d'un vernis luisant et triste, et du bout des branches, à chaque frisson, il tombait de larges gouttes d'eau chantant dans les flaques. On eût dit que tous ces vieux dénudés, voulaient pleurer leur parure, tombée, éparse à leurs pieds, mordorée des couleurs de la pourriture.

En avant de la bande marchait le tambour du village, tirant des sons lugubres de son instrument distendu par l'humidité ; puis venait un gars tout fier de porter le drapeau qui claquait, transpercé d'eau, le bleu déteignant sur le blanc, des petits ruisseaux coulant au long de la hampe. Peu à peu, les jeunes gens partis du village avec des allures crânes, prenaient des airs d'assister à quelque enterrement, gagnés par la tristesse de ce ciel noyé de brume. — Une belette détala devant eux. Balouët, seul, l'avait vue. Superstitieux, redoutant le *porte-malheur*, il ne voulut passer qu'après avoir jeté trois petites pierres dans le chemin. Puis, comme on approchait du bourg, ils se mirent en rang, et l'un d'eux entonna une chanson patriotique, que tous répétaient ensuite, de leurs voies lourdes, pendant que le tambour rythmait la mesure, à contre-temps.

Ils étaient entrés à l'Hôtel-de-Ville, dans une salle humide, avaient grimpé une file interminable de marches, égarés dans ce grand bâtiment, où des portes fermées, portant des inscriptions sur leur peinture grise, semblaient garder, ironiques, le secret de leurs destinées. Une voix appela : Antoine Bâlouët. Le jeune homme avança. Il faisait très chaud ; une buée montait des vêtements mouillés, flottait dans l'atmosphère âcre, empuantée de poussière et de respirations humaines. Il eut une vision hallucinante, d'un grand nombre d'hommes, très graves, rangés autour de la salle, des têtes s'inclinant l'une vers l'autre, avec des gestes de poupées articulées ; et, au fond, devant des messieurs chamarrés, une boîte dans laquelle il plongea la main, au hasard. Il s'entendit dire qu'il avait le numéro UN. Un grand coup lui frappa dans la poitrine. Les murs. la table, les messieurs chamarrés, les poupées articulées inclinant toujours leurs têtes automatiques, se mirent à tourner, dans une ronde où les êtres inanimés se mêlaient aux hommes. Qu'avaient-ils donc à danser quand il était si triste ? — Il sentit un bras se glisser sous le sien. Quelqu'un l'entraînait. Maintenant, il descendait l'escalier, toujours, toujours... ses pieds retombaient lourdement sur les marches, ses jambes molles allaient par habitude ; à la fin, il achoppa contre une surface horizontale. On disait, autour de lui : « Il a le bidet. »

Il reconnut la salle d'entrée, traversa des
groupes compacts, bourdonnants. Soudain une rafale d'eau le souffleta ; un peu
de vie lui revint. Sous l'averse qui tombait, il se prit à errer sans but, — en
sanglotant.

Ç'avait été son espoir, le rêve si longtemps caressé que la réalisation lui en
semblait certaine, d'avoir un bon numéro,
de ne partir que pour un an. Et voilà que
le hasard hostile, non content de le prendre pour cinq longues années, décidait en
l'envoyant là-bas, par delà les mers, en
des pays enténébrés des poignants mys-
tères de l'inconnu...

II

La torche de résine crépitait, fichée dans la cheminée, éclairait l'âtre d'une demi-lueur terne, avivée par moments des clartés de la flamme, jaillissant d'entre les tisons. A ces illuminations brusques, on distinguait un encombrement de meubles autour de la vaste salle, une enfilade de lits, des armoires, un buffet surmonté de son dressoir où vagabondait la vaisselle étalée, un coffre, une maie grise de farine, et, près de la fenêtre étroite, sur une table de noyer, la nappe, enveloppant du pain dans ses replis, reflétait une blancheur. Puis tout retombait à l'obscurité confuse où chaque pièce du mobilier faisait une tache noire, avec de grandes ombres flottant sur les murs. Trois silhouettes, assises autour du foyer, demeuraient seules visibles, courbées sur leur travail.

... Les Bâlouët gardaient un lourd silence dans leur maison triste, une même pensée les occupant tous. Et Toine venant à respirer d'une halenée bruyante comme un soupir, la Bâlouëtte se prit à dire de sa voix rude, un peu voilée :

— Faut pas te déconforter comme ça, t'as core ben moyen de ne pas partî... »

Les deux vieux se regardèrent, semblant vouloir s'encourager l'un l'autre, s'inviter à parler, quelque chose qu'ils auraient voulu dire, dont ils auraient eu de la honte, ou du remords, — [toute une mimique exhortante sur la figure, les lèvres grimaçantes d'ombre de la femme, et l'homme ouvrant la bouche ; interrompu à la première parole qui s'étouffait en un grognement toussottant, inintelligible, avec un geste de la tête comme pour dire non. Elle, alors, haussant les épaules de dédain, commença tout de suite une histoire préparée d'avance, mettant dans son débit la monotonie d'un leçon apprise et récitée toute à la file, — coupée de silences, seulement quand les doigts allaient chercher à sa bouche la salive dont elle mouillait son fil, ou quand elle mordait la filasse trop emmêlée.

Elle parlait de son grand-père, à elle, que la conscription avait pris, au temps du premier Napoléon, quand la guerre dévorait les hommes et dépeuplait les campagnes incultivées. Il ne demeurait dans les villages que des femmes, des vieillards infirmes et des enfants. « Le bonhomme était alors un fort gars, bon travailleur, qui faisait vivre sa mère, et toute une nichée de frères et de sœurs. Son départ, c'était la misère ; puis, ces tueries l'épouvantaient. Il voulait se cacher, d'abord, mais il craignait d'être repris. Alors il se souvint heureusement d'une *dirie* de vieux, et coucha dans un four pour se rendre malade au moment de la visite. »

. — « Mais le monde disont que ça peut faire mourî » interrompit le fi Bâlouët, qui écoutait avidement.

Ce fut au tour du père à parler. Non, on n'en mourait pas, quand on était vigoureux. Et le grand-père n'était point un gringalet comme il y en a. « L'était

grand et grous, tout queme té, mon fi. »
Et ça ne l'avait point empêché d'aller
jusqu'à quatre-vingts ans, gagnant sa vie
jusqu'à la fin.

La Bâlouëtte recommença. Que feraient-
ils, eux deux, quand il serait parti ? Le
père était cassé, vieux, incapable de les
faire vivre désormais. Un seul espoir leur
restait ; c'est que « Toine » fût refusé au
conseil de révision ; mais comment compter là-dessus, s'il ne voulait rien faire....
un gars si solidement bâti. — Mais Toine,
enfoncé dans une songerie avivant ses
regrets, ne les écoutait plus parler de lui,
de sa santé, de sa constitution robuste,
comme ils eussent fait d'une bête leur ap-
partenant, et dont ils auraient détaillé les
qualités, le rendement, laissant deviner
en leurs propos le regret monstrueux de
ne pas l'avoir fait infirme, marqué de
quelque tare secrète, qui sans le gêner
dans son travail, l'eût rendu impropre au
métier de soldat ; — l'idolâtrie de la richesse ayant vicié dans leur cœur jusqu'à
l'amour paternel.

Ce dimanche, bien qu'on fût encore au
cœur de l'hiver, les rayons du soleil, vi-
vants d'une tiède chaleur de printemps,
avaient appelé dehors presque tout le
village. Des jeunes gens, désertant les
cabarets, se promenaient par bandes,
bruyants, une grosse gaieté s'échappant
en plaisanteries bêtes, en rires méchants
ou sournois. Un courant s'était formé vers
la petite cour des Bâlouët, où la maison
abritait du vent ; une dizaine de personnes
environ, et tous ces laborieux, harassés
par une semaine de fatigues, reposaient
béatement leurs membres étalés, en des
postures avachies, sur les chaises qui
criaient. Quelques promeneurs, sur le
chemin, chacun d'eux souffleté au passage, par un quolibet à mi-voix dont on
s'égayait cinq minutes ; puis, de nouveau,
un silence que nul ne tentait de rompie,
comme si c'eût été une fatigue, dans cet
emparessement de bien-être, sous le soleil.
Mais quelqu'un, qui avait « lu dans le
journal, » ayant parlé d'une nouvelle guerre possible entre Français et Prussiens, il
y eut des exclamations douloureuses, an-
goissées, échappées en même temps de

toutes les poitrines, heurtées dans l'air...
Eh ! quoi ! ça ne finirait donc jamais ? La
Goule, abreuvée du sang des hommes,
avait donc soif encore, et demandait de
nouvelles victimes ? Ah ! la Guerre, la
Guerre qu'ils abominaient tous, prenant
ici le père, là le fils... — la destructrice, la
mangeuse du pauvre monde, la fin de tout...

Elles étaient, toutes ces imprécations,
jetées par mots saccadés, hachées de cris
de colère ; quelques-unes, boutées aux
limbes de la pensée, tellement vagues
qu'elles ne pouvaient s'exprimer que par
un hoquet frémissant, avec les poings
serrés, une malédiction impuissante contre
quelqu'un d'invisible.

Et le maître d'école étant venu à passer,
on l'arrêta, on lui demanda des nouvelles.
Elles étaient graves. Il faudrait se battre,
probablement, et ça serait terrible, une
boucherie comme on n'en avait jamais vu
encore...

Bâlouët écoutait ces choses, morne et
dolent, se disant qu'il en serait. Mais l'ins-
tituteur ayant voulu le relever de son
abattement, le réconforter, lui parler de
ses devoirs envers le pays, éveiller la

grande idée du patriotisme, qui sommeille au fond du cœur des paysans, le conscrit, qui d'abord avait écouté avec des hochements d'épaule, tels que d'une bête puissante cherchant à se débarrasser d'une mouche importune, se leva, sous une poussée de fureur, bégayant :

— Nom de Dieu ! je voudrais ben vous voir à ma place, vous ! Pourquoi donc que vous n'avez pas v'lu être soldat, si vous trouvez que ça fasse tant d'honneur ? »

L'autre, interloqué, reculait de deux pas, la tête basse, un flot de sang aux joues, marmottant des paroles que couvrait la voix forte de Bâlouët :

— Parce que vous vous êtes foutu mait'd'école pour ne pas faire vos cinq ans, vous venez parler de service militaire.... Faudrait y aller, avant d'en bredasser... »

Des rires montèrent, rythmés par lourdes saccades, semblant huer le maître d'école dont la silhouette s'effaçait, falote, derrière les dentelures de la haie d'épines. C'était comme une revanche des mains calleuses contre les mains blan-

ches, l'explosion des jalousies sourdes, des
haines mauvaises contre tous les « mos-
sieurs qui gagnent à ne rien faire plus
qu'ils ne gagnaient eux-mêmes à peiner
du matin au soir, à toutes les rigueurs du
temps. »

Mais un vieux, qui toujours semblait
dormir, la tête couchée sur ses genoux,
coiffé d'un bonnet de police aux couleurs
flétries, les joues balayées de longues
mèches de cheveux blancs, venait de re-
dresser sa taille cassée, avec un renou-
veau de jeunesse, la flamme remontée
aux yeux, de tous ses souvenirs.

— Tu n'as pas de honte, Bâlouët, tu
n'as pas de honte d'être si faignant et si
lâche !.... Et à son tour il prêchait la dé-
fense du sol natal, enthousiasmé de revi-
vre sa vie aventureuse promenée sur tous
les champs de victoires.

— Si on a la guerre, ça sera tout de
même un grand malheur, père Wagram,
dit enfin un paysan en donnant au vieillard le surnom qu'il affectionnait en souvenir de sa première campagne. Mais on
se défendra, allez... pas vrai, les gars ?

Des murmures de voix graves, comme

au lit d'un moribond, chuchottèrent une
approbation. « Certainement, que ça n'é-
tait pas à souhaiter, que ça serait le pire
des malheurs ; mais enfin, s'il le fallait,
on saurait se battre aussi bien que les
autres... » Et les regards se chargeaient
d'une pitié un peu méprisante quand ils
s'appuyaient sur Bâlouët, qui, maintenant, pleurait ; oui, vraiment, qui pleurait
la peur. « Poule mouillée, va ! »

Dès lors, un rêve hanta ses nuits. Il se
voyait, moëllon de chair dans la muraille
vivante des régiments, en face d'un enne-
mi invisible, attendant, le cœur angoissé
d'épouvante, quelle balle aveugle vien-
drait le frapper. La mort fatale qui fau-
che les hommes au hasard, parmi l'hor-
reur des champs de bataille, pesait sur
lui comme un cauchemar. Pourtant, il
allait, les dimanches, avec les autres
conscrits, gueuler dans les cabarets des
chansons patriotiques, se fouettant d'en-
thousiasmes passagers, pour se donner du
cœur...

Le jour se passait sous un couvercle gris, alourdi de vapeurs de plomb ; une bise froide soufflait, ce pendant qu'en la cour où criait une litière de feuilles mortes, sous les pas, des femmes, les vêtements enfarinés, s'empressaient vers le four qui rougeoyait comme un soleil couchant. Le fi Bâlouët était là, accoudé sur l'entablement, se chauffant à cette rude chaleur qui.lui venait par bouffées mêlées à l'âcreté de la fumée. De temps en temps, il attisait le feu avec une grande gaule, le coude levé pour garantir les yeux de la lueur trop vive. Puis, le dernier fagot brûlé, il ramassa la braise, soigneusement, balaya le four avec l'écouvillon trempé dans une mare de purin, — appelant : « Hé ! quand vous v'drez, les femmes ! »

Il s'en alla ensuite vers d'autres besognes, lentement, tournant la tête pour plonger son regard jusqu'au fond de la cour, où des ombres blanches s'agitaient, sur la muraille tachée de noir. Il sentait quelque chose l'appeler vers ce trou béant, là-bas. Quelque chose comme la mystérieuse attirance de l'eau noire, polie et luisante, qui dort en certains étangs.

Le soir venu, les rues désertes, il s'attarda à rôder vers le four. Il s'approcha, apeuré de la crainte de sentir peser sur lui la lourde voûte de briques. La bise piquait dur, il grelottait. Des pensées lui venaient, d'un monstre qui se serait caché là, pour le prendre. Soudain, une haleine chaude lui souffla au visage ; il avança la main, tâtant le carrelage. La pierre était encore presque brûlante ; néanmoins on y pouvait demeurer. Il s'assit sur le rebord en saillie, rentra ses jambes. Une bonne chaleur lui monta par tout le corps, un grand bien-être,... et comme une rafale violente hurlait dans la nuit, glacée, il recula plus loin, dans le noir, — dans la chaleur....

III

Elevant, pas bien haut, par dessus le
rempart des haies, la perspective angu-
leuse et fuyante de ses nombreux bâtiments, une ferme rappelait, pour les trois
repas de chaque jour, une bande de domestiques égaillés dans l'isolement de la
plaine, où le rajeunissement de la sève
éclatait en bourgeons, faisait sourdre, de
la rousseur poudreuse des labourés, les
récoltes futures : — la terre habillée toute
en vert, avec ça et là, le dos d'une chemise, de quelque paysan courbé sur la
glèbe, piquant une blancheur parmi l'é-
closion des couleurs gaies et chantantes
du printemps.

Bâlouët s'était gagé là, pour six mois,
— de la Notre-Dame de Mars à la Saint-
Michel, — et, depuis son arrivée, les

hardes empaquetées dans un bissac, trois chapeaux coiffés l'un sur l'autre, il était en butte aux méchancetés sournoises du premier valet, qui tout de suite l'avait pris en grippe, jaloux de voir la docilité de ce nouveau-venu lui gagner la faveur des maîtres. Ç'avait été, d'abord, l'ordinaire mystification réservée aux jocrisses, dans les métairies : la chasse à *la leurre*, par les nuits pluvieuses, le patient abandonné, maintenant un sac tendu dans l'éventrure d'une haie, tandis que les autres retournaient tranquillement dans leurs lits, sous prétexte d'aller rabattre un gibier chimérique. Puis, des avanies sans nombre, des jeux dangereux à se rompre les os. Et, après qu'il eut été réformé par le conseil de révision, des vautrées sur l'herbe, en luttes acharnées et silencieuses, pour voir ce qu'il avait... les rancunes grandies d'un peu tous les jours ; et le maître-valet, répétant en toute occasion : « Laisse veni les fauches. Y en aura un de nous deux qui calera, n'aie pas peur ! »

Bâlouët répondait « qu'on verrait bien qui ça serait des deux », en affectant une confiance tranquille ; pourtant, il se sen-

tait moins solide que par le passé, épuisé
au moindre effort, une trahison de sa
vigueur.

Par les villages, on avait dit, avec la
facilité qu'ont les paysans de croire à la
vénalité, à la toute-puissance de l'argent
et des cadeaux, « qu'il aurait bien été
pris, si ç'avait été un malheureux. » Mais
ses camarades purent observer qu'il s'af-
faiblissait, en effet. Les matins où il allait
quérir la pâture pour les bestiaux, dans
les champs trempés d'aiguail, il rassem-
blait sa provende en fagots moins lourds,
se reprenant à plusieurs étapes pour les
transporter jusqu'à la ferme. Durant un
travail pénible, ses lèvres devenaient noires, à sembler barbouillées d'encre ; des
veines saillaient en gros cordons bleuâtres, sous la peau moite.

Aussi, à la coupe des foins, tous les
ouvriers rangés sur la bordure des premières tâches, échancrant un escalier
géant dont les marches emprisonnaient
chacun d'eux dans l'implacable obligation
de faire autant de besogne que les autres,
— il y eut comme une rage de détaler le
plus vite possible, les faux lancées à toute

volée ; les jambes écartées, le haut du corps pivotant sur les hanches : et, au bout de quelques heures, la sueur rayant les fronts et les joues, pénétrant entre les lèvres ; les chemises fumantes, collées au dos, les pantalons tachés à la pliure du jarret.

Bâlouët était le second de la *brigade*. Un moment redressé pour affûter, il regardait le va-devant, qui filait à une dizaine de mètres , mais un sifflement de faux à côté de lui, le retourna vivement. Un des fancheurs l'avait rejoint.

— Allons, allons !... dépêche-té, ou ben qu'y passe devant !

Une poussée de colère le raidit contre la lassitude commençante, — l'effort désespéré d'une bête acculée, qui veut se défendre jusqu'à la fin. « Pas encore, qu'ils le devanceraient, peut-être ! » Cependant, ses bras s'alourdissaient, comme emprisonnés sous un vêtement de plomb, et les reins cassés, avec, entre les épaules, la douleur aiguë d'une déchirure arrachant des bandes de chair.

Une sonnerie éloignée annonçait le repos de midi, — en même temps qu'une servante, ouvrant la claie du pré, apportait les deux porte-dîner luisants, emplis de victuailles. Une trêve, la bienvenue pour tous, que cet acharnement épuisait. Mais alors, durant tout le repas, les lourdes plaisanteries fouaillèrent le malheureux, qui se sentait vaincu d'avance, déchu de l'orgueil de sa force. « Est-ce qu'il n'était donc plus un homme, à présent, et devrait-il se mettre à des besognes d'enfant ? Fallait se gager pour garder les vaches, et non pas pour *faire son coup*, si la faux était trop pesante pour ses bras ! »

La demi-heure de sommeil qui suivit la collation, l'étendit à l'orée du pré, dans un quasi évanouissement, et tout le temps, l'idée carillonnant dans sa tête en feu, qu'il n'aurait pas la force de quitter la terre où il était couché, la terre qu'il sentait se presser contre son corps, prête à s'entrouvrir pour le dévorer.

Dès le réveil, les railleries recommencèrent, comme s'ils eussent voulu en finir tout de suite, l'exciter à se dépenser tout entier dans le premier effort.

Les feuilles des arbres blanchissaient
dans de la chaleur ; de gros nuages aux
colorations heurtées, noires, cuivrées,
laiteuses, aux contours durs, montaient
en un coin de l'horizon, semblaient an-
noncer un orage prochain. De la paresse
flottait parmi l'air embrasé, mettant, aux
membres, un alanguissement. Néanmoins,
la lutte se continuait, ardente, — des
bouts de phrase clamant une moquerie,
hachés par le bruit de scie des faux, ou
le froissement strident des pierres à aiguiser sur le tranchant d'acier.

— Hêê... hep ! Bâlouët ! faut-y te donner un coup de main ?

— Appelle donc la chambrère, a t'ai-
dera à fini ta rande ! »

Piqué au vif de sa vanité de brute, par
tous ces coups de langue, il jetait ses forces, éperdûment, follement. Alors, au
bout de peu de temps, ce fut comme si
tous ses muscles, trop tendus, se rom-
paient ; et il continua de travailler, les
mains vacillantes, l'outil manœuvré débi-
lement, avec des maladresses d'épuisement, tantôt glissant sur l'herbe fine, tantôt plantant sa pointe dans le sol durci.

Le soir, pour revenir à la ferme, il marchait en titubant, comme aux jours de soûleries, avant le tirage au sort ; s'écroulant sur le bord de son lit, à l'arrivée, sans songer à se déshabiller.

Du cellier où il couchait, communiquant avec la maison par une porte toujours ouverte, il entendait le cliquetis des cuillers dans les assiettes, le gargouillement de la soupe, happée bruyamment. La fermière demanda :

— Bâlouët ne veut donc pas veni souper, d'soir ?

— Bâlouët ? répondit une voix férocement joyeuse. O l'est pu ren de li. Y le ferons crever. »

La veille d'une grande foire, où le fermier devait conduire deux bœufs, Bâlouët fut prévenu « qu'il irait demain avec le patron, puisqu'il ne pouvait pas travailler. » Et, dès deux heures du matin, des mains, tâtant l'obscurité du cellier, se promenaient sur le chevet de son lit ; l'une d'elles effleura sa figure, redescendit à l'épaule, la secoua rudement, en

même temps qu'il entendait crier, comme
du fond d'un rêve : « Bâlouët, cré sou-
che ! tu t'évieras donc pas ? V'là le temps
de se lever, oui ! »

Il s'habillait à la hâte, déjeunait d'un
morceau de pain graissé de beurre, prêt à
partir maintenant, l'aiguillon en main,
mais le regard cherchant machinalement
quelque chose où s'accoter, et y dormir...
continuer le si bon somme interrompu,
dont son corps gardait encore une dou-
ceur d'assoupissement, — le parfum qui
reste dans la bouche d'avoir mangé un
fruit savoureux.

Trois heures de marche, et les premières maisons de la ville apparaissaient,
au bout d'une allée de platanes. Au long
de la grand'rue, des portes ouvertes, dis-
crètement refermées sur la sortie d'une
servante en jupon court ; des heurts de
marteau ou des appels de sonnette, de
quelque vendeuse de lait glissant, furtive,
d'une maison à l'autre. Puis la place du
marché, aux cabarets où buvaient des
marchands arrivés par les trains du matin ; les premières rumeurs de la foire,
dont la grande voix impersonnelle s'élè-

verait vers les cieux, tout à l'heure, comme une fumée d'encens.

Les bœufs vendus, Bâlouët demeura seul pour les garder, debout sur un trottoir, d'où il découvrait une mer ondulante de croupes rousses, avec des cornes et des jougs qui semblaient des épaves dansant en des remous. Le soleil de midi, cuisait la place enfermant, en son vaste rectangle, un frémissement d'air surchauffé, battu par des milliers de paroles humaines. Tout à coup, les maisons se mirent à sauter, elles aussi ; la mer rousse avait des remous plus violents, des courses de vagues immenses. Bâlouët se frotta les yeux, essaya quelques pas, ôta son chapeau qui paraissait se retrécir, changé en un de ces instruments de torture cerclant la tête et se resserrant à chaque tour de vis. Puis un malaise lui tordit les entrailles, une brûlure qui courait du ventre à la gorge. « Qu'est-ce qui le prenait donc, maintenant ? » Un bruissement, du vent dans un bois de sapins emplit ses oreilles ; ses paupières battirent : plus rien n'exista, il était évanoui.

Au bout de quelque temps, dominant ce hululement du vent dans les feuillées qu'il recommençait à entendre, il reconnut des voix d'hommes mêlant le patois local au « parler mossieu » des étrangers.

— L'a perdu queneussance.

— Allez donc le relever, toujours !

— Faut pas, faut le laisser revenir tout seul.

— Le connaissez-vous ? »

Vaguement, il comprenait qu'on l'entourait, deux personnes le relevèrent, l'emmenèrent dans une grande salle où il faisait frais.

— Te sens-tu mieux ? — Il répondit, d'une voix d'enfant, faible et dolente : — « Oui, un petit. »

— Veux-tu prendre queuque chouse, de l'eau-de-vie, une prise de liqueur ? »

Il tourna lentement la tête, pour faire signe que non, qu'il ne voulait rien prendre ; puis il appuya sur la table son front, qu'une grande douleur alourdissait.

IV

L'imprévu de la maladie tomba chez les Bâlouët, dans le coup de feu des travaux d'été. « Tâche de te guérir, lui avait à peu près dit le fermier. Nous chômons de bras : il faudra prendre un journalier pour te remplacer, et l'ouvrage n'ira pas trop vite. » On avait épuisé, à cette guérison, toutes les ressources de la médecine villageoise. D'abord, on lui avait « fait le soleil », une bouteille d'eau puisée avant le point du jour dans une fontaine coulant au midi, maintenue pendant des heures le cul en l'air, le goulot posé sur le crâne. Comme des globules montaient en un bouillonnement, une voisine l'avait déclaré hors de danger. « Tu t'en trouveras puque, mon pauv'gars. T'avais attrapé un co'de souleil, de vrai. »

Il retourna donc à son service, mais toujours plus faible, pris maintenant de diarrhées continuelles qui l'obligeaient une seconde fois à revenir chez lui.

Alors, toutes les commères y passèrent, apportant un conseil, une recette transmise de mère en fille depuis de nombreuses générations : tisanes fétides, cataplasmes, fumigations bizarres, prières, marmottées avec des signes cabalistiques par des bouches sans dents. Une procession de figures de sorcières, au bavardage ininterrompu, bavant des consolations, les vulgaires encouragements, invariables comme la ritournelle d'une boîte à musique : « Faut espérer... faut espérer... le mal ne veut pas s'en aller si vite qu'il est venu... »

Sur tout cela, les grogneries du père, qui trouvait que ça faisait perdre « ben de l'argent, ma grand foué ! » juste au moment où les journées se cotaient le plus cher.

Un jour par semaine, il demeurait à la maison, apportait chaque fois la mauvaise humeur de voir la maladie se prolonger, résister à toutes les drogues, sans pourtant vouloir appeler le médecin. Il arrivait, le col ouvert, le gilet endossé sur la blouse à la fin du travail, la casquette en arrière, découvrant le front, à la hâlure terreuse surmontée d'une ligne blanche, la place préservée du soleil par la coiffure. Ses lèvres avançaient une moue mécontente. « Tsa, tsa, tsa... t'es core dans le coin, tu t'alleures, tu t'affaignantes... » C'était tout simple, d'être malade quand on se laissait ainsi affaisser tout de suite. Il en avait connu, lui, des gens qui se redressaient, se battaient contre la douleur, et se rétablissaient par la seule volonté de guérir. Mais la jeunesse, ça n'était plus rien, « bon sang de bon Dieu ! » pas plus de force que des poulets à peine sortis de la coquille, tombant au premier mauvais vent qui passe. »

Il s'asseyait devant la soupière, pleine de pain émietté dans du lait, où tous les trois plongeaient tour à tour leur cuillère ; le repas habituel, terminé par du caillé ou des pommes de terre bouillies. Et il continuait à mâcher ses reproches, en même temps que les bouchées, tournées et retournées entre ses vieilles gencives.

Il établissait le compte des journées à
payer, pour le remplaçant à la ferme.
« Quatorze à cinquante sous... » il plan-
tait ses yeux aux poutres vernies du plafond, calculait mentalement — « quatorze à cinquante sous, ça faisait déjà
trente-et-un francs, sans compter la nourriture. Si ça durait longtemps...»

Il fallait que la mère intervint, poussât
le jeune homme dehors, par les épaules,
— apitoyée en sa maternité rien qu'éveil-
lée ; et l'on entendait un pas de souffrance
heurter la terre sèche de la cour, la barrière grincer en tournant péniblement
dans sa hart, — et bientôt la chute pesante d'un corps en quelque coin d'ombre,
loin de la dispute, continuée entre les
deux vieux, qui s'efforçaient d'étouffer
sous leurs criailleries, lui, ses regrets d'a-
varice ; elle, le remords d'avoir jeté son
fils sur le chemin du tombeau.

Mais que servait-il de la maudire, à
présent, cette soirée funeste où ils entre-
prenaient de le garder avec eux malgré
tout ? « Il avait obéi à leur conseil, le
malheureux, et c'était trop tard s'en tour-
menter, c'était trop tard!... et rien n'y
pouvait rien ! »

L'été s'écoula en de fausses convales-
cences, qui laissaient espérer la guérison
au bord d'une rechute prochaine ; de longues semaines d'abattement, la même
réponse toujours aux questionneurs du
voisinage : « Qui te fait mau ? — Ren. Y
me sens tout avezé. » Le seul incident,
rompant cette monotone traînerie de malade, fut la visite à un guérisseur, si re-
nommé dans les campagnes du bas pays
poitevin, que des voitures couraient sans
cesse vers ce coin perdu, d'un village de
vingt ou trente habitants.

Le fi Bâlouët s'amusa du voyage, dans
un char-à-bancs cahoteur, au dur tangage
qui faisait sauter les voyageurs sur la banquette en bois, et tous les trois, jetés les
uns sur les autres au passage des ornières,
la mère raidie sous l'endimanchement d'une
robe de serge trop lourde ponr la saison,
Toine, et le voisin qui les conduisait chercher de la santé, riant très haut quand une
branche s'allongeait pour leur émoucher la
figure, les obligeait à se pencher brusquement pour éviter d'être fouettés trop fort.

Le retour fut moins gai. L'empirique
avait parlé de nourriture fortifiante, pen-

dant plusieurs mois, de remèdes très chers, aux noms barbares à prendre chez le pharmacien. En voilà, de l'embarras, et de la coûte! — En même temps, chez ce gros et balourd garçon, aux sens affinés par la solitude et la souffrance, la morosité qui assombrit la fin des parties de plaisir, et l'ennui de la triste vie qui allait recommencer en cette maison où la maladie l'attachait, lui rivait au pied la chaîne et le boulet d'un forçat.

Ces derniers jours, pourtant, il était sorti jusqu'au jardin, s'essayant à sarcler des carrés, mangés par les mauvaises herbes, un effort où il se contraignait pour échapper à l'agacement de cette chambre inhabitable, un désordre entassant dans toutes les chaises, des amas de linge sale et de chiffons; — de l'air inhospitalier soufflant par la porte ouverte. Il fuyait le tambourinement sonore des sabots trop grands de sa mère sur le carrelage, les éclats de voix dont elle tâchait de l'égayer, miaulant : — Mon petit Toine. » — Et c'était touchant et grotesque à voir, cette femme reconquise à l'amour maternel, cherchant à se grâcieuser, ébauchant des gestes, de caresses dont elle avait oublié l'habitude.

Pendant les rêveries dont il occupait
son oisiveté, elle s'asseyait à côté de lui,
remuait ses souvenirs, des histoires d'autrefois, dix fois répétées, son enfance, sa
jeunesse, les peines qu'elle avait eues. Lui
n'écoutait guère, troublé seulement, de
cette parole lui entrant dans le crâne l'a-
venture de la tante Marguerite, qui toute
jeune, énamourée d'un gars qui ne voulait
pas d'elle, se mettait un ventre de filasse,
pour faire croire qu'elle était enceinte, et
obliger son amoureux à la prendre ; — ou
bien les débuts de misère de la famille,
traînant les quatre meubles de village en
village....

Le jeudi, quand elle arrivait du marché,
elle comptait sur son tablier le produit de
la vente, du beurre, des œufs, ou de la
volaille ; puis tirait de son panier la viande
achetée pour suivre les prescriptions du
guérisseur, une livre par semaine, dont
elle faisait trois «marmitées» de bouillon,
en se récriant que « c'était ben tout de
même une grande mangerie d'argent. »

— Mais si tu t'en trouves, s'ment... »

Malheureusement, il ne *s'en trouvait*
pas.

Assis dans le vieux fauteuil au siège de paille adouci par une courte pointe remontée jusqu'en haut du dossier, il passait maintenant des jours à rêvasser, pendant qu'il tâchait de distraire ses doigts à fendre de la bourdaine en longues et fines allumettes, à clisser des paniers ; ne sortant plus, même par les belles journées, alourdi et sans courage.

Il avait des idées qui l'étonnaient, lui qui n'avait jamais eu le temps de beaucoup réfléchir ; des retours sur lui-même, l'esprit comptant les pulsations de la maladie, écoutant cheminer les légers frissons de la fièvre qui plantaient à fleur de chair le picotement chatouilleur d'une friction lente, avec un morceau d'étoffe rude.

Parfois, un bruit de voix entrait, d'abord en une discrétion d'éloignement, puis emplissait joyeusement la maison : la vie des autres qui passait, des jeunes gens en train de s'amuser. Alors, se remémorant son passé, les rares moments de bon temps qu'il avait eus, lui aussi, quand sa mère lui donnait vingt sous, pour aller boire avec les camarades, il se sentait aigri contre ses parents le privant de tout, l'obligeant à vivre à l'écart, en une ourserie qui lui attirait du mépris. Un jour de Saint-Jean, que les valets de l'Himmonière, libres de leur soirée, voulaient «jouer à la bourre», sur le coffre à l'avoine de l'écurie, n'avait-il pas dû demeurer simple spectateur, un peu grisé par le frémissement des cartes au bout des doigts, le tintement de la monnaie allant et venant sur la planche? Tous les divertissements de la vie rurale prenaient de l'importance, se grossissaient dans son imagination d'un attrait prestigieux; et il se promettait bien d'en jouir quand il serait rétabli.

« Quand il serait rétabli. » Il aimait à entasser des projets, pour ce temps qui reculait tous les jours, une manière de se raccrocher à l'existence ; il y songeait avec une obstination têtue, surtout quand il était plus mal, alors que des pressentiments lui venaient, d'une fin peut-être prochaine.

La voix de la Bâlouëtte, éclatant comme une fanfare, le tirait brusquement de cet avenir, où il se réfugiait contre les tristesses du présent.

— Tu t'embêtes, pas vrai, mon megnin?

« Non, il ne s'embêtait pas. » Une ré-

ponse hâtée, impatiente, et le retour aux
magnificences dont il dorait son rêve, gêné,
cependant, de cette tendresse envahissan-
te et subite, qui bourdonnait autour de
lui.

Les pluies d'automne arrivèrent, coulant
intarissablement du ciel abaissé. Bâlouët,
plus souffrant, se tordait sur son fauteuil,
se traînait jusqu'à son lit, en une inquiétude du corps, qui veut fuir la douleur et qui
la porte avec lui. De l'eau battait les vi-
tres ruisselantes ; des silhouettes d'arbres,
une fluidité de fantômes vagues, chevau-
chaient autour des prés blanchis, d'un
commencement d'inondation ; au grenier,
une gouttière floquetait dans une terrine.
Des passants à la marche hâtée causaient
dans le chemin.

— Le fi Bâlouët, qu'est-o de li, donc ?»
La réponse le frappa d'un coup sourd,
en plein cœur.

— Ah ! le pauv'bougre ! Y ne sortira
jamais, que les jambes en avant ! »
Stupidement, il regardait les nuages
s'effondrer en fines gouttelettes, voiler le
jour de hachures serrées, accrochés, tout

là bas, à la cime d'un peuplier solitaire. Il devait avoir raison, celui dont la parole indifférente prononçait son arrêt de mort. Et le pauvre enfant serrait à pleines mains crispées, parce qu'il ne voulait pas s'en aller, la couverture de ce lit où il gisait aveuglé de larmes, dans tout le déchirement de son être...

De l'amour débordait de lui, pour toutes choses ; pour cette vieille maison noire et sale ; pour les camarades dont la haine l'avait poursuivi, au commencement de l'été ; pour ses parents, surtout... Et son père, son père gagé à trois lieues de là, qui ne venait qu'une fois par semaine, le verrait-il encore, seulement ?

Il arriva le dimanche suivant, vers huit heures du matin.

Il aperçut sa femme, affalée sur le bord du châlit, la tête enfouie dans ses bras, des soubresants lui soulevant le dos, par grands coups irréguliers. L'entrebaillure des rideaux montrait des plis rigides, moulant un corps dont la tête si pâle se confondait presque avec la paleur des draps.

Lui, mécontent de voir son fils couché, lança de la porte :

— O n'est pas tout levé, donc, là dedans ? »

La Bâlouëtte se retourna vivement.

— Ecoutez-va donc, allez ! »

Le grand jour éclairait sa figure trempée de larmes, ses yeux striés de petites
veines rouges, ses paupières gonflées. Le
vieux un peu surpris murmura, comme
ayant le pressentiment d'un malheur :

— Qu'a-t-o ? »

Elle ne put parler, d'abord ; puis un san-
glot monta, courbant le corps, gonflant
les épaules, — qui sembla pousser la réponse, vibrante d'un tremblement convul-
sif des lèvres :

— L'est mort... »

L'ESPION

Challe avait brossé quelques tableaux, publié deux plaquettes de vers, — le tout, un peu terne, un peu banal. Il écrivait maintenant de brèves fantaisies, d'une prose ensoleillée, où persistait l'influence de ses essais avortés de peinture et de poésie. Il paraissait avoir trouvé sa voie. Un journal nouvellement éclos publiait de sa copie, en la payant chichement.

Mais, aux derniers jours de l'Avril, il prit sa volée, sourd à toutes les exigences, envahi soudain d'une fringale de soleil, d'un besoin jamais assouvi de courir la campagne nouvellement tirée du sommeil aux baisers du printemps.

Il poussa jusqu'en Gâtine, vaguant à

l'aventure, demeurant attardé une demi-
journée devant un coin de haie, des ron-
ces rouillées sabrant une touffe d'ajoncs
fleuris de grappes d'or, ou bien un revers
de fossé où bleuissaient diversement des
véroniques. A chaque pas c'était un ra-
vissement, sur cette terre bien portante,
hospitalière à toutes les végétations ; les
rûs innommés murmurant en un lit d'ar-
gile ; les chemins creux s'enfonçant, ravi-
nés par les grandes eaux, sous des voûtes
de ramure où la couleur ambrée des jeunes
pousses, mêlait une note délicatement
gaie à la verdure crue des vieux rameaux ;
les labourés, onctueux, rougeâtres, se
crevant sous le soc ; les bœufs tirant la
charrue, au chant traînard et monotone
des bouviers.

Tout au long de sa route de flânerie, il
éveillait des étonnements. Les paysans
enveloppaient d'un regard de méfiance
hostile, ce passant qui les observait, puis
qui se mettait à écrire, moissonnant
pour plus tard une ample provision de
notes et de croquis. Sûrement, ce n'était
pas un bohémien, quoiqu'il en eût presque
le costume, un costume très lâché d'artiste

pauvre, fatigué par les aventures d'un
voyage à pied, et les couchées sur la
paille, dans les métairies. Ils croyaient à
un déguisement. Longtemps après que
Challe était passé, ils s'attardaient, appuyés sur leurs outils, les bras croisés,
méditant.

Après quelques heures de marche, il
s'était assis sur un tas de pierres, à l'entrée d'un village. Près d'une grange, à la
toiture bariolée de rapiéçures, comme un
vêtement de pauvre, des fagots, jetés
pêle-mêle, semblaient monter à l'escalade,
d'un élan désordonné. Un jardin venait
ensuite avec des pêchers roses, des pru-
niers couverts de neige, et un grand ceri-
sier d'un blond pâle. Une demi-douzaine
de maisons s'éparpillaient, derrière les
arbres. Au fond de la vallée, un mince
cours d'eau lavait les racines de quelques
peupliers d'Italie. Des haies vigoureuses
coupaient le versant opposé. Puis, un
bois s'étendait, un océan de verdure où
des croupes de chênes semblaient des
vagues, la cime des arbres se profilait,
frangée d'une écume verte, sur le bleu
pâli de l'horizon.

4

Voulant oublier sa fatigue, il esquissa, à grands traits, ce coin de campagne solitaire, inondé de soleil, d'où pas un bruit ne s'exhalait, sinon des piaillements de moineaux se chamaillant dans les vergers, et, tout au loin, les sanglots rauques d'un coucou.

Pendant qu'il travaillait, des villageois rentrèrent pour le r_pas de midi. Le premier qui passait s'arrêta, béant, devant cet homme entrevu déjà, rôdant par les prés avec des allures suspectes. D'autres arrivaient ; peu à peu, un groupe se forma, où courait un chuchotement. — Lui, continuait son travail, sans s'inquiéter de cette curiosité, qu'il pressentait malveillante. Des enfants étaient venus ; l'un d'eux s'approcha, examina le dessin, sournoisement, par coups d'œil, puis retourna vite, — ayant aperçu parmi un « barbouillage » des maisons, des arbres, quelque chose comme la « semblance » du village,

... Qui sait ? c'était là, peut-être, un de ces espions prussiens, dont les journaux, rapportés à longs intervalles des villes prochaines, entretenaient de longtemps leurs lecteurs. Des bruits de guerre recommençaient à courir, et les paysans avaient ouï dire qu'avant 1870, des hommes avaient ainsi pénétré partout, déguisés, prenant des notes, levant des plans, et devenus ensuite les auxiliaires des armées allemandes, durant la campagne.

— S' n'on li demandait ses papiers ?

— Oui, demande-les, Michas...

— Pas mé, dis donc, y ne sais pas lire les écritures.

— Ni mé, firent d'autres voix.

— Ça ne fait ren, demandons-les tout de même. »

Il restait là, un sourire moqueur zigzaguant sous sa moustache blonde. Ils s'avancèrent un peu, plus hardis à le voir si paisible, et l'air pas très fort, ce gringalet aux membres « pas plus gros que rien » mais ces « méïots » savent quelquefois des tours...

— C'est-y sensément nout' village que vous avez mis là, demanda l'un d'eux.

Et son doigt tendu, où la peau rugueuse était rayée de plis noirs, s'allongeait vers le dessin.

— Regardez, répondit-il, dédaigneux.

C'était bien le village. Ici, la grange au

père Thomas, avec sa mouche de fagots ;
là, le jardin au bonhomme Feret, et les
maisons, et les arbres, « c'est que tout y
était. » Pendant qu'ils examinaient curieusement, avec des mines où un peu d'inquiétude se mêlait à de la surprise, Challe
les interrogeait, demandant le nom de
l'endroit, le nombre d'habitants, s'il y
avait une ville dans les environs, et à quelle distance. A chaque question, le soupçon
pénétrait plus profondément dans l'esprit
étroit des villageois.

— Et vous venez de loin, comme çà ?

— D'assez loin, oui, de Paris.

— Vous avez ben des papiers, d'hasard ?

— Des papiers, et pourquoi faire ?

— Dame, faut-y pas des papiers pour
voyager, au jour d'aneut ? »

Challe plaisantait. Les paysans n'osaient
pas dire grand'chose, retenus par des
terreurs inavouées, craignant de recevoir
« quelque mauvais coup. » Ils se comp-
tèrent. Comme ils se voyaient nombreux,
huit contre un, du courage leur vint. On
reprocha à l'artiste d'être un espion ;
« oui, un espion, puisqu'il levait le plan
du village et les interrogeait pour con-
naître le pays. »

Challe s'étant dressé brusquement, un mouvement de recul se produisit ; mais bientôt, par réaction de la souleur qu'ils avaient eue, ils se jetèrent sur lui, tous à la fois. Puis, l'ayant maîtrisé, dans la joie de leur triomphe ils l'entraînèrent, en marchant au pas, très rapidement, une, deux, une, deux.

Sur le seuil des portes, des femmes sortaient, s'informaient ; des hommes apprenant qu'on tenait un Prussien, venaient renforcer le groupe, et bientôt, presque tout le village suivit, se bousculant, à travers les rues étroites. On contait la chose aux nouveaux venus : un espion, surpris au moment où il mettait le village sur un gros cahier. On le menait chez le Maire, puis on préviendrait les gendarmes, qui sauraient bien lui « faire son affaire. » — C'était un concert de malédictions, dans une rage de haine contre la guerre homicide et dévastatrice, des paroles hachées, dures, jetées par brèves halenées, l'essoufflement poussant la colère...

Un ancien soldat, très exalté, proposait de « lui faire son affaire tout de suite. » Un bouvier tenait encore à la main l'ai-

guillon dont il guidait ses bœufs. Pendant
que le bruit des sabots coupait ses paroles d'un rythme rapide :

« Ah ! vociféra-t-il, tu v'lais nous ame-
ner les Prussiens, p'r faire péri tout ce
qu'y avons !... »

Furieux, il asséna un coup cruel de sa
longue gaule sur la tête du prisonnier. Du
sang jaillit. Challe, étourdi, tomba, glissant entre les bras de ceux qui le tenaient,
dans une détente de tous ses muscles.

Tout aussitôt, les paysans s'entre-re-
gardèrent, le croyant mort, effarés. Devant ce corps étendu, d'où la vie semblait
être partie, ils demeuraient anéantis, toute
leur colère fondue en une peur intense, la
peur de la justice, qui leur demanderait
compte de cet assassinat.

A la fin, ils s'en allèrent lentement, l'un
après l'autre, par des chemins écartés,
après de grands détours, montrant des
ruses de braconnier à l'affût, pour rentrer
sans être vus.

Challe demeura seul, toujours évanoui,
parmi le désordre de ses vêtements, sa
chevelure blonde dorant la poussière du
chemin qui, par flaques rutilantes, étan-
chait la coulée de sang perdu.

BOHÊME PAYSANNE

A Henry Cormeau.

— M'man, j'ai faim...

— Un petit moment. Jeanne est à qu'rî
du pain. »

La porte s'ouvrit, démasquant une fillette de 10 à 11 ans qui gardait, sur son front
obstinément baissé, la morosité d'une enfant boudeuse après quelque gronderie.

—Le boulanger a pas v'lu m'en donner.»

De saisissement, la mère se laissa choir
sur une chaise, s'affaissant, comme suf-
foquée. La vision malfaisante de son mari,
qui avait fini par déserter le foyer familial,
après avoir mangé tout, pour aller vivre
avec une *gourgandine*, passa un moment

devant ses yeux. C'était de ce temps que dataient tous ses malheurs ; depuis ce jour, que la misère était venue, étreignant toujours plus âprement la famille abandonnée. Le boulanger refusait de faire crédit, à présent. — Que devenir ?... Les enfants, cependant, coulaient des regards convoiteux vers le vieux buffet, au fond de la chambre. Françoise· se leva, prit dans le meuble disloqué, un chanteau de pain à peine suffisant pour deux personnes ; elle le coupa en cinq morceaux, et cinq petites mains aggripèrent avidement les chétives parts menues...

— A manger core, dis, m'man !... »

Benjamin — Min-Min — un petit de trois ans, tirait le tablier de sa mère, de ses deux menottes caressant‹ ›vec des efforts pour se hausser jusqu'à ‹ ›mbrasser, pendant qu'il la regardait de ses yeux grands étonnés, ne comprenant pas pourquoi on le laissait souffrir, et quémandant avec ce sourire câlin des enfants qui mendient ‹ ›e faveur,... ce divin sourire séduisant aux rayons duquel se fondent les plus dures mauvaises volontés.

Elle ;'assit sur ses genoux, semant des

baisers sur les joues de l'enfant, sur ses yeux, sur ses cheveux blonds, bouclés fins, comme de la soie ; — d'un lent mouvement de tendresse aiguë, accrue par la pitié de sa propre souffrance, elle le berçait,... le berçait doucement comme pour l'endormir. Lui, blotti dans le cher gion comme un oiseau frileux dans la tiédeur de son nid, maintenant répétait : — Pourquoi tu veux pas donner à manger, dis ?... — Et cette plainte obstinée et monotone, bégayée comme en un rêve, le silence pénible des plus grands, poignaient le cœur de la pauvre femme d'une douleur infinie, lancinante, à lui soulever la poitrine pour de lourds sanglots.

Dans la rue, les paysans endimanchés se rendaient à l'église, dont la cloche égrenait ses notes en pressants appels. Deux hommes sortirent d'une maison voisine, la pipe aux dents, soûlés de mangeaille, le teint de braise, les regards p dus, dans la béatitude de la digestion...

Par la croisée sans rideaux, Min-Min, ouvrant les yeux, reconnut un des passants. De sa voix d'enfant qui voulait être grave, lentement, espaçant les sylla-bes, il lui jeta :

— Bon...jour, mon...sieur Jean. L'est beau, monsieur Jean, l'a sa belle robe... la veux, ma belle robe, aussi... moi... »

Docilement, pensant les distraire un peu, elle les habilla, l'un après l'autre, de leurs vêtements des dimanches, peignant leurs cheveux, lavant leurs figures, leurs mains qu'elle baisait, pour, en baissant la tête, dissimuler les larmes qu'elle sentait lui rougir les yeux.

La toilette finie, les enfants très pro-pres, le bébé aux blonds cheveux, bou-clés, le préféré, parce qu'il était le plus faible et le mieux aimant, Benjamin de-manda :

— Nous promener, veux-tu ?

Une idée germait, combattue encore, en son cœur de mère. Elle sortit, fermant la porte à clé — pourquoi ? il n'y avait rien qui pût tenter un voleur, — plus d'ar-gent, des meubles dont personne ne vou-lait,... elle se mit en route machinalement, vers Saint-André, où demeurait sa cousi-ne, qu'elle n'avait pas vue depuis deux ans.

Oh ! la triste promenade ! Ils suivaient, les cinq enfants, mornes et lassés. Des vols de papillons tremblaient dans du soleil ; des baisers de brise enveloppaient les fleurs jetées à travers les champs ; un frisson de vie agitait le feuillage des grands arbres... Oh ! le défilé lugubre de ces petits êtres silencieux, qui auraient dû emplir la vaste campagne du tumulte de leurs jeux! Peu à peu, la faim les reprenait, plus intense, tiraillant les estomacs, cernant les yeux : ils n'avançaient plus que péniblement ; le plus jeune se laissait porter.

La mère aussi, marchait lentement, avec l'hésitation de quelqu'un qui se blâme de vouloir commettre une action répréhensible...

*
* *

En la cuisine étroite où la flambée du foyer, refletée par le luisant des meubles, semblait mettre un rayonnement de gaîté, la ménagère s'empressait à préparer la collation de midi. Le beurre grésillait dans la poêle ; sur la table, une assiette était pleine à déborder de poissons grouillants rien que pêchés à la rivière. Un garçon aux joues roses, poussées en arrière par un continuel sourire, battait activement des œufs. Un très gros homme ventru disposait sur la nappe blanche trois couverts.

— Vite les œufs, mon petit Jean.

L'assiette s'inclinait doucement, doucement sur la poêle.

— Toc, toc, toc, gémit la porte.

Tous les trois se retournèrent brusquement, envahis d'une inquiétude ; le père, plus avisé, rafla la bouteille de vin, — le petit extra de tous les dimanches, — et la cacha vivement dans un placard.

— Toc, toc, toc...

— Entrez... C'ment, c'est vous, Françoise, et vos cinq-z-enfants !... »

Des regards inquiets coururent, des préparatifs du déjeuner jusqu'aux arrivants. La politesse campagnarde commandait aux maîtres de la maison, d'inviter leurs visiteurs à partager le repas. S'ils allaient accepter, d'aventure ?

— Mangerez-vous avec nous ?

— Merci p'r mé, répond Françoise,

encore fière en son dénûment. J'ai mangé avant que de décamper.

—- Et vous, les enfants ? »

Oh ! les enfants ! La chanson du beurre sur la flamme alerte, la vue des œufs couronnés d'écume blonde, des poissons qui grouillent, ont réveillé impérieusement l'appétit. Pas de considérations qui les retiennent, eux, les bambins affamés ; et ils acceptent le manger qu'espérait leur mère, lorsqu'elle les amenait là, avec de la honte encore, de sourdes révoltes de dignité.

La cousine s'empressait, rageuse, mais décidée à soutenir quand même l'honneur de la maison, tirant l'homme dans un coin, pour lui donner des ordres à voix basse, ouvrant ou tapant avec fracas des portes d'armoire... Une voix timide lui demanda, près d'elle

— Veux-tu qu'y t'aide ?

— Oui, aide-mé. V' n'aurez pas trop bonne chère, parce que j' vous attendions pas anuit ; encore, s'il y a de qué, pas vrai, c'est core le principal.

— Oh ! ne prépare ren p'r nous. Y ne sons pas difficiles. »

La table est mise, neuf couverts serrés, serrés, et un plat déjà sur la table.

— Allons, mangeons ! »

Et c'est merveille de voir comme tout ce monde obéit. Le pain disparaissant dans les bouches goulues, les assiettes en un moment vides et torchées avec la dernière bouchée, et les cinq paires d'yeux, tout de suite fixées sur le plat où il reste un peu d'omelette, avec des yeux si parlants d'ardente convoitise, que l'homme part d'un énorme rire, qui secoue ses bajoues, qui secoue son ventre. qui secoue sa chaise, à la faire craquer comme si elle allait s'effondrer sous le poids de ce gros corps, pantelant d'hilarité.

— Mâtin ! cousine, comme y mangent ben, vos gosses !

— Hé ! Baptiste, glapit la voix aigre de la femme, tout attentionnée à la friture, mais colère tout de même de nourrir cette tribu famélique, donnes-y donc à manger, au lieu de rire. Y-z-ont marché, ces pauv' petits, ça donne de l'appétit. Vaut core meux payer le boulinger que le médecin, pas vrai, Françoise ?...

— Certaînement, » murmure-t-elle d'une

voix à peine entendue, pendant que le rouge lui monte au front.

*
* *

Sur le tard, ce soir de dimanche, on vit partir de Saint-André, cinq enfants sautillants, étourdissant leur mère, avec leur pépiage de moineaux francs... tandis que la cousine, au milieu d'un groupe de commères, pérorait.

— Vraï queme y vous dis. L' sont venu six, avec la mère. J'avions des poissons, des œufs, une belle omelette, faut pas dire, quat' biaux œufs ; de la salade ; o n'a ren resté, ren de ren. Au p'tit collation de quatre heures, j'ons acheté une livre de jambon, une livre de beurre ; l'ont tout bouffé, bon sang ! avec deux pains de quat' livres. J'en serons pas quitte à moins de cent sous !... Cré clique, va ! »

CHASSE RÉSERVÉE

En vrai paysan, toujours plus épris du coin de campagne aux aspects multiples où les hasards de la vie m'ont jeté pour un temps, je m'étais levé dès le point d'aube. La nature était splendide, surtout quand le soleil se fut levé, tachant de lumière claire le feuillage des arbres et glissant des teintes plus blondes au milieu des épis mûrs. Des champs s'étalaient, puis des prés nouvellement fauchés, tonsurant la terre par larges plaques brunes ; des bœufs s'étaient couchés, lassés de paître l'herbe rase, à peine abreuvée d'un peu de rosée.

De distance en distance, des blés déjà moissonnés gisaient, affalés parmi le hérissement des chaumes. Un taillis s'aperce-

vait, dans la brouée grise du matin, coupé
d'allées, de sentes tortueuses ; plus loin, la
silhouette rigide d'un château surgissait,
parmi des végétations.

A chaque coin du taillis, aux arbres,
parfois à un poteau, des planches étaient
clouées, avec dessus des lettres noires.

A l'orée, dans un champ de froment,
un paysan se livrait à un travail singulier :
il marchait précautionneusement dans les
sillons, se baissait comme pour arracher
des mauvaises herbes ; mais quand il se
relevait, il tenait à la main des brins de
blé.

Je m'approchai, et reconnus la face
hâlée, hachée de rides, du père Darvois.
Le vieillard était venu donner un coup
d'œil à sa récolte ; et probablement la récolte s'annonçait mal ; car toute sa figure
s'allumait d'un éclair de colère, qui faisait
plus dur le regard de ses yeux gris.

— Ça ne va donc point comme vous
voudriez, père Darvois ?

— Mè, ça va toujou. C'est le froment,
qui n'va point. »

C'étaient de beaux épis, lourds, bien
grenés, inclinés sous le fardeau précieux

dont l'été les avait engrossés. La surface du champ ondulait à la brise avec un fin bruissement de paille remuée.

— Il paraît pourtant bien venu, le froment !

— Eh ! bon Dieu ! c'est ça qui m'enrage ! Sans ces sacrés lapins, j'aurais eu le pu biau blé du pays.

— Sans les lapins... ?

— Oui. Y m'mangent tout, les lapins. Regardez les trèjes. »

Le vieux se baissa, me fit voir un passage où le blé était coupé sur la largeur de la main. Des tronçons de paille, des débris d'épis jonchaient le sol, mêlés à des herbes pâles et menues, qui avaient poussé entre les tiges. Le trajet, le *trèje*, comme il disait, se prolongeait assez loin dans le champ, des touffes de poil fauve étaient demeurées par endroits.

— C'est pas seulement là ; c'est partout comme ça. Les sales bêtes m'ont mangé mais du quart de ma récolte.

— Pourquoi n'essayez-vous pas de les prendre ?

— Les prendre ? Ah ! ben oui ! En avons-y le droit, mêmement ! Mais lisez donc, en face, là bas, partout, ces écriteaux : CHASSE RÉSERVÉE. C'est par là qu'y vont se terrer. Y en a des cents et des cents. On défend de les tuer pour que le mait' du logis, un banquier, qu'is appellent ça, s'amuse à leu tirer des coups de fusil quand il vient au pays. — S'y pouvait tant seulement détruire toute la race. Mais pas de danger, allez. C'ment qu'y s'amuserait, le banquier, si y en avait puque. Là bas, dans le parc — de son bras tendu, il désignait un bois enclos de murs — « y a des chevreuils, des bêtes, j'sais-t-y, mé ; pourquoi donc qu'y n'y met pas ses lapins, puisque c'est son plaisi d'aller à la chasse ! Mais non ! Y les laisse la, pour tout gâter. Et mes voisins, Jean, Thomas, tous ceux qu'ont des champs à côté de la Garenne, sont comme mé, tous..

« J'ons essayé d'en prendre. On a tendu des collets. Le garde a venu au moment que j'en d'accrochais un. Y m'a fallu donner cent sous p'r avoir pas de procès. Pas même la permission de tuer des bêtes qui détruisent tout. Ah ! Tonnerre de Dieu ! »

Redressant soudain sa grande taille, ordinairement un peu voûtée, il brandis-

sait ses poings noueux et crevassés, vers
le château dont les tourelles se profilaient
sur le ciel bleu, tandis que les fenêtres
scintillaient sous l'incendie du soleil.

L'expression de haine mauvaise qui ral-
lumait les yeux morts du vieux Darvois,
jamais, jamais je ne pourrai l'oublier.

LE DEVIN

A Robert Bernier.

Pierrot Gasbert, sortit de l'étable après avoir pansé ses bœufs.

Sur son front hâlé, une inquiétude creusait des rides, ses bras ballaient au long de son corps d'un geste découragé : depuis quinze jours passant, quatre de ses bœufs dépérissaient, leur robe, autrefois lustrée, se ternissait, les os saillant sous la peau, sans que rien pût leur rendre la santé. En sa cervelle de paysan, superstitieuse, germait l'idée qu'on avait bien pu leur jeter un sort. Du si beau bétail, qui avait poussé jusque-là comme pousse dans les champs le froment nourricier, tellement, que d'une huitaine à l'autre on ne le reconnaissait pas.

Le jour se levait.

Devant la porte s'étendait la plaine immense, sans une ondulation, coupée de haies maigres, toutes grises de rosée, de murs bas et branlants. Des rares labourés s'apercevaient, en fuites rosissantes, avec des bouquets d'arbres semés à de grandes distances, des pignons de tuiles émergeant en vagues taches rouges ; et là bas, à l'horizon noyé de vapeurs bleues, la terre semblait se hausser pour s'unir au ciel. Un chant de coq enroué s'échappa du poulailler. Mille bruits familiers montèrent du village qui secouait la torpeur des nuits d'été, où la fatigue donne au sommeil si profond, presque l'apparence de la mort. Puis, d'autres chants s'éveillèrent, saluant le matin d'une fanfare triomphale.

Gasbert, s'étirant les bras pour chasser l'engourdissement qui lui venait d'un besoin de repos, rentra chez lui pour manger la soupe, rien que trempée, exhalant jusqu'au dehors une forte odeur d'oignons frits. A table, lourdement accoté, il mangea gloutonnement, sans rien dire, gardant le pli préoccupé qui lui rayait le front.

Quand il eut pris sa part, sa femme emporta le restant de l'écuellée, — sa femme pauvre créature craintive et douce, tant rudoyée depuis son mariage, qu'elle gardait à peine le courage d'une volonté. Lui en se mariant, n'avait voulu prendre qu'une servante n'ayant pas besoin de salaire; et ils vivaient à part l'un de l'autre, réunis seulement aux heures des repas.

Il venait de se lever de table.

— O ne sera pas possible d'aller aux gerbes aneut, dit-il. Les bûs sont tout faillis.

— L'vétérinaire leu-z-a donc ren fait ?

— Vois-tu bé que l'sait pas ce que l'pouvont avoir. Mais le devin doit venir de resciée.

— Le devin ?

— Oui, Chanfoyau. L'saura ben ce que ça vaut à dire. »

Il s'en alla vers la porte avec des gestes raides de pantin ankylosé, s'arrêta sur le seuil, huma fortement la brise; sonda de ses yeux clignottants, le bas du ciel où flottaient des nuages, en lourds amas de cendre violette.

— O fera beau. Y'vas faucher au Champrou. Vens-y dès que tu pourras, p'r fener. »

Il partit, traînant ses sabots, ses pierres
à aiguiser pendant entre ses jambes, dans
leur coué, sa faux sur l'épaule, la démarche alourdie par l'habitude de guider les
bœufs, pendant que la brise agitait des
brindilles de foin, demeurées à son vêtement, comme de légères pendeloques.

*
* *

De nouveau, les rumeurs de vie s'é-
taient éteintes, lentement, le village re-
tombant à sa torpeur coutumière, tous les
hommes partis aux champs. De temps en
temps seulement, une femme traversait la
rue, dans un claquement de sabots ; on
entendait des bergers clamer un appel
éloigné à travers la plaine. Un apaisement
semblait monter, parmi les fraîcheurs ma-
tinières, un grand calme qui s'épandait...

La Gasberte s'était assise, les mains
nouées autour de ses genoux, les regards
perdus dans une rêverie, où montaient ses
souvenirs, indécis comme les détails d'un
paysage entrevu, très loin, la nuit, aux
clartés mystérieuses de la lune.

Une émotion douce, douce comme un étonnement lui venait, sans savoir pourquoi. C'était elle d'abord, enfant grandissant dans une ferme isolée, à l'orée d'un bois empli de la chanson frémissante des feuillées ; elle encore, une écolière timide effrayée à la vue de ses compagnes, qui la montraient au doigt, la poursuivaient de leurs rires et de ce cri où elle sentait vaguement une injure : « L'innocente, l'innocente ! » Puis l'apaisement s'était fait, un jour, à la première communion. Il y avait du soleil dans les rues, des fleurs épandues partout ; de doux chants l'enveloppaient. Le Christ du Calvaire était paré d'ornements somptueux, et les cœurs semés au long de la croix, flambaient avec un rayonnement d'étoiles.

Ç'avait été, son intelligence, ainsi qu'un livre entrouvert et sitôt refermé ; seule de nouveau, dans la campagne hospitalière, où elle gardait les bêtes...

Elle se ressouvint brusquement.

Un dimanche, déjà grande, n'ayant pas porté d'ouvrage à faire, elle s'était assise sur une botte de fougères sèches, fredonnant à mi-voix, une très vieille romance.

Un jeune homme arriva près d'elle, voulut s'asseoir, lui parlant avec de tendres paroles qui la rappelaient aux extases de son enfance, quand elle écoutait les chants des jeunes filles, à l'église, ou les harmonies merveilleuses des grands bois. Soudain, elle sentit comme une brûlure à la joue, deux bras l'enveloppaient, les mains caressantes. Elle eut peur, se leva d'un bond avec un grand cri, et s'enfuit vers la ferme d'une course éperdue. Sa mère l'embrassa doucement : « Pauvre innocente, va... »

Elle eut un rire nerveux en songeant à ces choses ; « innocente, en effet, oui, elle l'avait été ce jour-là, » se moquant maintenant de sa peur instinctive au premier baiser d'homme jeté sur sa peau de vierge. Mais pourquoi, depuis, n'avait-elle jamais ressenti, même au jour de son mariage, livrée par ses parents à un homme qu'elle craignait sans pouvoir l'aimer, ce trouble dont le souvenir la poursuivait en ce jour, parmi la hantise de divines voluptés entrevues.

Elle s'aperçut oisive, soudain, à regarder un rayon de soleil semant sur son passage une traînée de poudre d'or.

— Si Pierrot me voyait à ne ren faire.

Craintive, elle termina hâtivement sa besogne, prête à partir pour rejoindre le maître, son mari.

— C'était Chanfoyaux, ce gars, murmura-t-elle, sans trop savoir. Et, en passant devant le miroir accroché à côté de la porte, elle se mira, heureuse de se trouver encore jolie, le teint rien fané, malgré le grand air. Elle lissa ses cheveux, cherchant à s'attifer pour paraître plus belle ; puis elle partit enfin, se répétant, inconsciente, les paroles d'amour qu'elle n'avait entendues qu'une fois...

— Qu'est qu't'as foutu, grogna Gasbert, l'apercevant ouvrir la claie. T'arrives core trop tard, sacrée faignante. Y a une heure que tu devrais être là. »

Le rêve troublant qu'elle suivait parmi le recueillement des choses, brutalement, s'envola.

*
* *

Depuis du temps, déjà, Gasbert, revenu pour attendre la visite de Chanfoyau, demeurait campé sur ses jambes, entre les montants de la porte, une main devant les yeux, en abat-jour, interrogeant la route avec une impatience inquiète, jurant contre ce « sale bougre » qui n'en finissait pas d'arriver, lui faisait perdre son temps. Toute sa mauvaiseté, exaspérée, lui boutait aux lèvres des paroles de colère, et sa femme l'ayant heurté par mégarde, il se soulagea en la rabrouant durement, la bouche pleine d'injures, les poings battant l'air avec des gestes de menace.

Le soir tombait. Le soleil, descendu presque à ras de terre, saignait au bas d'un nuage sombre, qui semblait tel que la lèvre violacée d'une plaie mise à vif. Des ombres, démesurément allongées, à travers la campagne enluminée de la pourpre du couchant, prenaient des allures vagues, — lentement effacées au crépuscule. Puis de grandes travées sombres s'étendirent, voilant comme d'un fin brouillard les détails du paysage.

Gasbert recommençait à mâcher des imprécations, n'espérant plus. Sa femme hasarda, timide, craignant de nouvelles rebuffades :

— Si t'allais voir, aussi,... p'-t-être ben

qu'y ne songe point à veni. Y en a tant qui demandent après li... »

Un grognement s'entendit, comme un acquiescement. Le paysan, après quelques viratours, s'en alla par le chemin qui me-nait chez le devin, sa silhouette s'effaçant peu à peu, dans le crépuscule qui descen-dait.

Et comme il disparaissait enfin, dans le loin, au détour d'une haie, quelqu'un arri-va, venant d'un autre côté : Chanfoyau !

— Bé, ma grand foué, tout de même...» La Gasberte demeurait si surprise qu'elle ne trouvait plus rien à dire. Alors il entra, s'assit à chevauchons sur une chaise, de-mandant avec un drôle d'air :

— T'y pas là, Pierrot ?

— L'est parti chez vous, s'exclama la paysanne, ren que parti, pa'ce que... »

Elle ne sut continuer, troublée soudain sous le regard qui l'enveloppait toute ; elle se prit à vaguer par la maison, s'oc-cupant aux travaux du ménage. Mais, comme elle passait près de lui. Il se mit à batifoler, lui chatouillant les côtes. Elle, gagnée tout d'un coup par ces manières bon enfant, lui tapa légèrement sur le

bras, pour le faire finir. Egayés, la même
idée leur venant à tous deux, ils se regardèrent en riant ; ensuite ils se mirent à
plaisanter à mi-voix, sachant très bien
quelle serait la fin de leur tête à tête : —
Chanfoyau, une manière de Don Juan, villageois, accoutumé aux conquêtes faciles,
mettant, sans scrupules, au service de ses
passions, le prestige de sa puissance mystérieuse et redoutée ; — la Gasberte, le
désirant un peu à cause de l'autrefois, un
peu parce qu'il lui semblait un « Monsieur
de la ville, » aux mains blanches, à la peau
douce, moins pataud que son mari, le parler caressant et très doux.

*
* *

A la tombée de la nuit, le village recommençait à s'animer d'un semblant de
vie. Des troupeaux passaient, soulevant
des nuages de poussière, au tintinnabule-
ment aigre des clochettes, mêlé à l'aboi
des chiens, à des claquements de fouet ;
des cris de moissonneurs s'entendaient :

Hijoujou ! — des sonneries de trompes rustiques, le chant très clair des cornets de bois se mariant aux beuglements rauques des buccins.

Gasbert revenait essoufflé, suant. Il s'arrêta pour demander à un gamin qui tapait à grands coups sur deux bœufs maigres, s'il avait vu Chanfoyau.

— Y a belle lurette qu' l'est chez vous, répondit le pastoureau, gouailleur ; puis il s'éloigna, en chantant d'une voix aiguë :

Carriolet, carriolet,
La chambrère est su' l' valet.
Carriolet
Riolet, Riolet, Riolet, Riolet,
Hêêê...

Un soupçon traversa l'esprit du paysan, qui galopa vers sa demeure, claquant des sabots sur la terre dure. — Le devin était à l'écurie, médicamentant les bêtes malades ; la Gasberte, à la maison, écossait des pois pour le repas du lendemain, très paisible...

Et l'aventure demeura seulement soupçonnée, — un de ces mille potins qui défrayent les conversations des caillettes, qu'on se raconte avec des mots à double entente, des sourires équivoques, des candeurs hypocrites, en se demandant si c'est réellement arrivé.

INCIDENTS DE VOYAGE

En avril, un dimanche, le père Mittard allait prendre le train.

Depuis quelques années déjà, qu'une ligne avait été posée à deux petites lieues de chez lui, il n'avait jamais voulu se déranger pour « aller voir ça, » ayant vécu soixante ans sans chemin de fer, et comptant bien s'en passer encore. Même, dans son entêtement brutal de paysan routinier, hostile à tout perfectionnement de la demeure commune, il affirmait qu'il ne se dérangerait pas davantage si le chemin de fer ne passait qu'à deux cents mètres de là.

Un jour, pourtant, une poussée de cu-

riosité lui était venue, spontanée. Son fils
était employé dans une petite gare, entre
Niort et Ruffec ; il se décida à l'aller voir.
Et, dans la soirée de ce dimanche, après
avoir, une dernière fois, pansé ses bêtes qui
furent confiées à un voisin pour le temps
que durerait son absence, il était parti.

Sa blouse neuve, raide, s'arrondissait
autour de ses hanches, en crinoline, luisait
au soleil avec des reflets rougeâtres ; son
pantalon un peu court, découvrait de forts
souliers roux, jamais cirés, parce que le
cirage « brûle le cuir, » et le col de sa chemise, rattaché devant par deux boutons
d'argent carrés et larges, lui râpait les
oreilles de toutes ses dents de rat. Une
tenue « cossue, » bien en rapport avec sa
position de fermier aisé, dont le fils est un
employé.

Entre les haies, d'où les aubépines al-
longeaient leurs grappes de boutons prêts
à s'entrouvrir, la route se déroulait en sinuosités, radieusement blanche, sous le
soleil. Des maisons se montraient, derrière
des arbres, puis des champs, des prairies,
verdissant en nuances délicates. Loin, après
bien des détours, la gare s'apercevait,

bleue et blanche, isolée dans une plaine, au bord des rails coulant de chaque côté, à perte de vue.

A mesure qu'il s'en rapprochait, il marchait plus lentement, troublé d'une émotion, comme s'il avait eu peur de son équipée. Mais quelqu'un lui dit qu'il avait deux bonnes heures à attendre ; ce fut un soulagement. Le départ, si longtemps retardé, ne lui causait plus cette terreur indéfinie, qui, tout à l'heure, le tenaillait aux entrailles.

Alors, il regarda : autour de la salle d'attente, au dossier des banquettes fichées au mur, de grandes affiches s'étalaient ; des voyageurs étaient montés sur les bancs pour mieux lire, laissant à la peinture la souillure de leurs souliers. Il y avait des choses dont il ignorait le nom et l'usage, il voulut se renseigner.

Les employés, affairés, circulaient, feuilletaient de gros registres, — l'uniforme de rigueur, remplacé par des tuniques fripées, grasses au col, déchirées aux emmanchures. Il essaya de leur parler ; mais eux, dans la hâte de leur travail, — c'était la fin de la dernière dizaine, — paraissaient ne pas l'entendre.

Lentement, le temps se passait. D'autres voyageurs étaient arrivés, puis des curieux, emplissant la salle d'un tumulte. Le chef de gare appelé au guichet par des cris impatients, distribua les billets. Le père Mittard marchanda, alléguant le prix trop élevé, jurant contre les employés, qu'il trouvait « bougrement voleurs. » Puis, une sonnerie électrique se faisant entendre, comme beaucoup sortaient, croyant à l'arrivée du train, le vieux paysan se hâta vers la porte, avec de grands gestes balourds.

Le soleil, descendant à l'horizon, étendait sur la voie deux longs rubans d'or parallèles ; des gaîtés d'oiseaux emplissaient un taillis, avec des échappées de cris aigus ; des poules picoraient entre les rails ; le chef de gare les chassa à coups de pierres, et conta que le train lui en avait tué deux, déjà. On commençait à percevoir un murmure vague. Puis l'avertisseur sonna six coups. Au bout d'un moment la locomotive apparut, enveloppée

d'un nuage de fumée, avec deux yeux san-
glants, qui luisaient.

Les voyageu s se bousculèrent, beaucoup montèrent très vite, refermant les
portières pour s'isoler. Le père Mittard
les suivit, se hissa dans un wagon où deux
Messieurs s'installaient, leurs genoux se
touchant comme pour fermer le passage.
Aussitôt, le train repartit. Le paysan essaya de lier conversatio: avec ses compagnons ; ils ne répondirent pas ; et lui, croyant
à du mépris, s'assit dans un coin, le plus
loin possible, éprouvant une volupté de
bien-être à se sentir si moëlleusement
assis, et si rapidement emporté.

Une sorte d'étourdissement lui venait à
voir les arbres courir, et tout au loin, des
champs et des bois qui paraissaient tourner, d'un mouvement toujours plus lent, à
mesure qu'ils s'éloignaient. Il dut fermer
les yeux jusqu'à la station prochaine.
D'autres voyageurs montèrent, des paysans comme lui. On causa. Un des nouveaux venus, un toucheur de bœufs, pour
montrer son habitude des voyages, se ré-
pandait en explications. Il décrivit le
fonctionnement des aiguilles, du disque,

semant ses phrases de mots techniques,
pour éblouir ses compagnons. Il fit manœu-
vrer le loquet de sûreté, descendit le store
et le remonta. Et le père Mittard, dans la
ferveur de son admiration devint expan-
sif. Il conta le but de son voyage, parla de
son fils, qui était presque chef de gare,
entendant se faire valoir à son tour. Très
occupé à la conversation, il ne s'apercevait presque plus des arrêts, emporté comme en un rêve. Une dernière fois, pourtant la vitesse se ralentit, et cette décrois-
sance était accompagnée de coups de sif-
flet stridents et prolongés. On arrivait à
Niort, où le père Mittard devait changer
de train pour prendre la ligne de Ruffec.

— Mais ça ne sera pas ce soir, dit un
de ses compagnons. A cette heure, il n'y
a plus de train pour Ruffec. »

Le vieux, déjà levé pour descendre,
retomba sur la banquette.

— Pas possible! » murmura-t-il. Et comme un employé du contrôle arrivait, les
autres lui demandèrent.

— A quelle heure, le train de Ruffec?

— Demain matin, cinq heures dix.

— C'ment ferai-z-y, mê, geignait le père Mittard.

— Dame ! faudra coucher à Niort.

— Coucher à Niô... ? O me coutera cher, disez ?

— Mais non, pas trop. » — Et le toucheur dut lui promettre pour le calmer, de le mener à l'auberge où il couchait lui-même, une auberge où on était très bien, sans payer beaucoup.

La nuit était tombée tout à fait, mais dans la gare, sous la marquise, des becs de gaz mettaient un jour terne, avec des enchevêtrements d'ombres énormes, qui se démenaient en des gestes hallucinants. Des trains arrivaient ; des locomotives couraient au long des rails, avec de petits signaux qui martelaient l'ouïe. Des voyageurs passaient, dans une hâte suprême. Le père Mittard, au milieu de cette agitation fiévreuse des hommes et des choses, étourdi par les rugissements de la vapeur, les clameurs des employés, se serait cru perdu, sans son compagnon de route auquel il se raccrocha désespérément. Il ne cessa ses plaintes qu'après avoir dépassé la barrière, lorsque ses gros

souliers ferrés écorchèrent le pavé des
rues.

Tout ce que le paysan voyait, à Niort,
lui était une cause d'étonnement. Sans
cesse, il s'arrêtait aux vitrines illuminées
des magasins, dans sa curiosité de primi-
tif, pour se mettre ensuite à courir après
son guide. Mais, comme ils revenaient sur
la place, après avoir erré par les rues, un
encombrement s'étant produit, devant une
baraque, suivi d'une bousculade, des histoires de vols audacieux lui remontèrent
à la mémoire, des montres tirées du gous-
set, des vêtements coupés pour atteindre
un portefeuille ou une bourse. Pâle de
crainte pour son argent, il demanda au
toucheur de le conduire à l'auberge, tout
de suite.

C'était, sur la place même, une hôtelle-
rie de petite apparence, tenue par deux
femmes, qui suffisaient amplement à la
besogne. Dans la salle, en bas, des rouliers
mangeaient un morceau de fromage en
buvant du vin blanc ; de l'autre côté, toute
une famille s'était installée, accaparant la
table entièrement, et menant grand bruit.
Des images aux couleurs vives étaient.

pendues sur du papier qui se décollait par grandes plaques, déshabillant le mur souillé de colle et de moisissures.

Le toucheur de bœufs demanda une chambre. « La moins chère », ajouta le paysan. — On le mena dans une mansarde, dont il débattit le prix à l'avance. Puis, dans sa défiance de « ces gens de ville », il s'enferma à double tour.

L'ameublement, réduit au strict nécessaire, se composait d'un lit, enveloppé de rideaux d'indienne à fleurs, d'une chaise, d'une vieille table recouverte d'une toile cirée blanchie par l'usure, avec, dessus, une cuvette et son pot rempli d'eau.

Il but une lampée et se coucha. Quand il s'éveilla, le jour, pénétrant par un galoubier, blanchissait à peine le plafond en biais de sa mansarde. Néanmoins il voulut partir. Une complication, alors, se produisit : la serrure refusait de fonctionner.

Il appela ; il frappa du poing sur la porte, donna sur le plancher des coups de pied à ébranler la maison. Rien ne répondait. Alors, dans sa terreur de manquer le premier départ, voulant à tout prix sortir de sa prison, il imagina de mettre sa

table sous la fenêtre, la chaise sur la table ;
et il monta sur cet échafaudage. Il venait
d'ouvrir, quand des couvreurs arrivés sur
une maison voisine, aperçurent cette tête
de vieux, congestionnée à force d'appeler, qui emergeait du toit. Ils se prirent à
crier de toutes leurs forces : « Au voleur ! »
— et le paysan épouvanté, se hâta de rentrer, laissant dans la brusquerie de sa re-
traite, retomber trop fort le battant du
galoubier, dont la vitre se brisa et se répandit autour de lui en tintements métal-
liques. En même temps, la table perdait
l'équilibre ; tout s'effondra.

Le vacarme de cette chute, répercuté
d'étage en étage, éveilla comme un écho,
des cris bruyants de femmes effarées.
Puis, bientôt, des pas légers furent entendus grimpant l'escalier, avec un traîne-
ment d'étoffe au long des marches. Une
voix s'éleva an travers de la porte, de-
mandant : « Que démolissez-vous donc,
vous ? » En même temps, du dehors, une
clef jouait dans la serrure, la porte s'ouvrit et deux femmes s'arrêtèrent, stupé-
faites à la vue du désastre.

Le paysan, se sentant tomber, avait

voulu se raccrocher aux rideaux qui s'étant déchirés, l'avaient suivi dans sa chute et l'engloutissaient sous leurs plis. La table, avec un pied de moins, gisait sur le flanc et l'eau de la cuvette répandue, formait une mare, autour de laquelle des gouttelettes avaient roulé, isolées dans une cuirasse de poussière. Au milieu de ce désordre, le père Mittard, la figure sanglante, une épaule contusionnée, essayait de se dégager, Les deux femmes l'aidèrent ; et quand il fut remis sur pieds, sa première idée fut de fuir cette auberge de malheur. Il avait déjà donné le prix fixé pour sa nuit, s'apprêtait à sortir. L'aubergiste l'arrêta, furieuse.

— Quinze sous, cria-t-elle ; quinze sous ! ah ça ! vous croyez que vous viendrez tout démolir chez moi, et que vous en serez quitte avec vos quinze sous ! Ça ne se passera pas comme ça, mon bonhomme. Vous allez payer la casse. Et vite.

— Combè ? demanda le vieux, subitement inquiet.

— Il y en a bien pour cinquante francs, dit une des deux femmes, comptant que le paysan passerait par où elles voudraient.

— Cinquante francs ! Me crayez-vous fou, de craïre qu'y vas vous donner cinquante francs p'r une méchante table qui ne vaut tant seulement pas cent sous ?

— Faudra bien... quand nous devrions aller chercher la police.

—Allez qu'ri la police, allez qu'ri les gendarmes, allez qu'ri le diab'e ! Y m'en fous, entendez vous ! Jamais y ne vous donnerai cinquante francs ! Jamais, bon sens d'bon sens ! jamais, jamais ! Eh !.. »

Interdites par cette explosion inattendue, les deux femmes baissèrent la voix, descendant les prix, débattant franc à franc.

On s'arrangea.

Et le paysan, tout aussitôt, se rappelant son voyage, le train qui devait partir à cinq heures, dévala l'escalier quatre à quatre, ses souliers résonnant sur les marches à grand bruit, furieux contre les deux vieilles, contre la ville entière, endormie encore à cette heure matinale, et qu'il rendait complice « des garces qui l'avaient volé. »

LA MAUDETTE

I

La Maudette venait d'emplir ses deux seaux à la fontaine.

Malgré une faiblesse inexplicable, qui, depuis plusieurs jours, l'empêchait de vaquer aux grosses besognes de la ferme, elle s'était décidée à cette sortie pénible, parce que les hommes étaient aux champs, et qu'elle se lassait, aussi, de les entendre grogner, tous, le *Maître* et les domestiques, chaque fois qu'ils devaient renouveler la provision d'eau. Mais lorsque, la courge passée sous les anses en fer et haussée péniblement jusqu'à l'épaule, elle eut fait quelques pas dans le sentier attachant ses sinuosités rousses aux escarpements de la colline qu'elle devait gravir, il lui sembla qu'elle n'arriverait jamais à la maison, qui montrait, là-haut, dans le bleu du ciel, sous un réseau de ramilles de pommiers, des morceaux de toitures, des pans de murs, derrière les haies embourrées des primes feuillaisons.

Les vibrations de l'angélus de midi passaient, en heurts d'ondes sonores. Par des trouées ouvertes sur la déclivité du coteau, des paysans s'apercevaient détirer leurs bras, quitter leur besogne au dandinement d'une marche lente. Des blancheurs frêles de fumée ondoyaient çà et là, au hasard de l'éparpillement des métairies. Le soleil plaquait ses rayons sur le sol, amoiti des dernières pluies, d'où montait une exsudation de chaleur lourde. Tous les cinq ou six pas, la vieille femme s'arrêtait, jetait une anhélation brève ; la tête inclinée, elle tournait la courge autour de son cou pour la changer de côté, puis avançait. Son effort de lassitude la tirait en avant, les reins ployés, les cuisses rompues, les épaules meurtries : une montée douloureuse dans un vertige d'épuisement.

Enfin elle arriva. Elle ouvrit la porte, posa les seaux sur l'évier, et, à bout de forces, trébucha sur un coffre, placé en guise de marchepied, devant le lit aux couettes amoncelées se haussant presque jusqu'au plafond.

Une telle prostration l'anéantissait, la détachait des choses environnantes, que son mari et les deux valets de ferme entrèrent avant qu'elle eût songé à préparer le repas. — Pesamment, après avoir plongé leurs doigts dans le lave-mains, comme en un bénitier, ils s'étaient assis, silencieux et gourds, autour de la table nue. Et ce fut un des domestiques, qui s'étonna le premier de la voir vautrée en son immobilité, — qu'elle gardait, lassée encore, par besoin de s'écouter plaindre.

— Qu'avez-ve donc, la bourgeoise ? »

A cette question, Maudet se retourna, frottant ses bras l'un après l'autre d'un geste coutumier, pour remonter les manches de sa blouse vers les aisselles.

— T'as été qu'rî de l'éve ?

— Oui... Laissez-mé reprédre... un petit, i n'en peux puque.

— Hum !... Y' serons forcés de faire faire un poué, oui. »

Jusque là elle n'avait pas voulu de cette dépense, dont saignait son avarice, à la moindre allusion ; mais cette fois, elle était vaincue. — « Ça serait comme il voudrait, il était le maître ; pour sûr que, dorénavant, elle n'irait plus à la fontaine, toujours, elle ! Gueulerait qui voudrait, elle s'en foutait pas mal ! Elle n'avait pas envie de se faire crever plus tôt pour l'agrément des autres, — eh !... »

Elle se leva, secouant un reste de fatigue d'une brusquerie de gestes courts, trempa la soupe, que, sitôt posée sur la table ils versèrent dans leurs assiettes, par grandes pleines louches, avalant goulument, sans rien dire. Puis en mangeant le reste de leur pitance, de la salade, du fromage mou, et des noix qu'ils coupaient en huit, par économie, ils se mirent à parler de ce puits, tirant leurs idées péniblement, par lentes paroles mastiquées en même temps que les aliments. — « Il n'y aurait que la nourriture des ouvriers, puisque le propriétaire se chargeait de la main d'œuvre : et ça ne coûterait pas trop cher si on

tombait tout de suite sur une source.
L'embêtant, c'est que le patron ne voulait
pas entendre parler du sondeur. Ça pro-
duisait de belles merveilles, pourtant,
quand on s'obstinait à se passer de lui !
Au Plessis, le puits commencé depuis trois
mois, tout le temps dans des rochers, on
avait été obligé de l'abandonner à quarante pieds de profondeur, tandis qu'un
bon sondeur vous dit juste à combien de
pieds il faut descendre. Ah ! qu'il était
bien de la ville, lui aussi, de ne pas croire
à la baguette tournante. Il avait vu ça
dans ses livres, — mais le papier souffre
tout...

— P'rtant, la baguette tournante, y a
ren de pu sûr », et chacun voulant dire
son mot, parlait dans son assiette, sans
s'interrompre de manger, énumérait des
faits, dont des gens dignes de foi avaient
été témoins. Ainsi, l'autre jour, quand
Péru perdit sa montre, en labourant, et
que Sicault, le charpentier, la trouva sous
une motte de terre, au milieu du champ !
On pouvait le demander, Sicault ; c'est
lui, qui se chargeait de dire où il y en
avait, des sources, et de l'argent caché,

et de compter le numéro que les conscrits tireraient au sort, — et tout, quoi, tout !

— Est-eil pas malade ? interrogea la Maudette.

— Oïl ben. L'est pas fort. Censément queme poitrinier. O l'est pas étonnant, oui, avec une vie de perdu queme l'en fait une.

— L'se bile pas, li va ! » s'exclama un domestique, la parole voilée d'un empâtement, — par l'admiration.

Mais la conversation s'arrêta brusquement. Maudet refermait son couteau en faisant claquer la lame, d'un coup sec. A ce signal, les valets avalèrent hâtivement les dernières bouchées, puis s'en allèrent, du pas lent et paresseux des bœufs que l'on arrache à la tiédeur des étables, au bon repos des litières fraîches et des râteliers pleins.

— Faut tout de même y parler, au sondeur », dit Maudet avant de sortir à son tour. « N'on verra !... S'y ne prenait pas trop cher, dau foués !... Et pis, dis-donc... » ajouta-t-il en plissant malicieusement les paupières, « j'serons pas forcés d'y dire, au patron... Pas besoin qu'l'ait le nez bridé de tout ce qu'i ferons ! »

II

Dévalant la pente abrupte, la Maudette allongeait à travers champs ses enjambées trottinantes de petite vieille qui veut aller vite, songeant à ce qu'elle allait dire au sondeur, embarrassée de faire le marché toute seule, sans avoir convenu avec « son bonhomme » du prix qu'il ne faudrait pas dépasser. Sa brève parole susseyante monologuait une conversation, énonçait des sommes, pendant que ses bras ébauchaient des gestes explicateurs aux yeux des paysans ébahis, qui se demandaient derrière son dos : « Qué qu'alle a, la Maudette ? On dirait qu'alle est en train de folleyer ! »

Dans la vallée, le village éparpillait parmi des vergers embroussaillés, des courtils incultes, pouacrés d'amas d'immondices, ses bâtisses branlantes et basses, au long d'une étroite rue raboteuse, noircie de petites mares de purin, qui suintait au bas des murs des écuries, coulait en des rigoles hors des cours des borderies, obligeant les piétons à sautiller d'une pierre à l'autre. A des portes, des femmes assoupies sur des tricots commencés, sursautaient, se hâtaient de reprendre des mailles tombées, puis, tout de suite laissaient hocher leur tête à la somnolence qui les rempoignait. Plus loin, la ruelle s'élargissait plus droite entre deux haies où des bouquets de feuillage verdissaient, d'un vert très tendre ; — et, dominé par un Christ en plâtre colorié, affaissé sur ses jambes, la blessure du côté pleurant de la rouille, le cimetière, à moitié caché par un gros cyprès, laissait briller d'un scintillement d'étoiles la dentelle funéraire de ses couronnes. Tout auprès, une maison blanche, la porte balafrée de deux coups de pinceau en croix où la chaux commençait à s'écailler, était flanquée d'un bâtiment rectangulaire, un atelier de charpentier à la large baie vitrée, le portail ouvert vomissant au dehors un tas de broutilles et de copeaux.

« — A-t-o dau monde, là dedans ?

— Entrez. Té, ol' est vous, mère Maudette ? Ou v'nez bé nous voir p'r un temps chaud !

— Ah ! dame, ça on peut ou dire, »

Une fois engagés en des bavarderies sur la température, ils ne se lassaient pas de s'entendre répéter que c'était la journée la plus chaude du printemps, mais qu'un pareil temps, après les ondées de ces derniers jours, était très favorable aux fourrages. La Maudette, pourtant, cherchait une transition pour parler de son puits à Sicault, qui, à l'ordinaire, voulait bien se débaucher de son travail pour chercher des sources. — C'était un petit homme, vieillot, maigre, les saillantes pommettes enluminées, des plaques rouges aux joues, la figure longue étirée par des favoris ; une toux cracheuse poussant des morveaux jaunes entre deux paroles. Assis sur un tronchet aux pattes écartées, il paraissait attentif à hacher en menus morceaux une poignée de copeaux qu'il chassait ensuite, d'une chiquenaude, pen-

dant que la Maudette, solidement appuyée
contre le portail, ravaudait un vieux bas
qu'elle avait tiré de sa poche, pour se
donner une contenance. L'aiguillée de
laine au bout, elle lissa de la main la reprise qu'elle avait faite, leva la tête,
feignit d'examiner l'atelier, les pièces de
bois amoncelées sur une soupente, tim-
brées de lettres rouges, les outils pendus
aux murs, abandonnés en désordre sur
l'appui intérieur de la croisée et sur l'établi, les rifles en litière sur le sol, — prenant un air indifférent pour demander :

— Et le poué à Branchelu, de l'Assen-
derie, où que t'as été sonder, sais-tu s'l
est fini ?

— Sais pas... y a longtemps qu'i en ai
pas vu parler. »

Elle se tut un moment, comme si,
n'ayant parlé que pour satisfaire une curiosité, elle cherchait de quoi elle pourrait bien s'enquérir encore, fit deux pas
vers la rue pour suivre des yeux un paysan traversant la paix du village au galop
retentissant d'un cheval de labour, puis,
revenue à sa place, elle reprit :

— Qu'est-o donc qu'oul est qu'i v'lais

dire ?... Nout' bourgeois parlait ben qu'l en ferait p't-être faire un, dans nout' cour...

— Ah oui ?

— J' y tenons pas trop, nous autres. Ol est de l'embarras, de la coûte, core, avec. Mais si nous décidions, tu v'drais bé v'ni trouver une source, pas vrai ? »

Malgré les mines et les réticences, il avait compris. On connaissait leur ladrerie, aux Maudet, et la vieille fûtée venait pour le pressentir, tâter ses prix, l'entortiller avec ses malices cousues de fil blanc. — Alors lui aussi se mit à ruser, instinctivement, quittant la bonhomie des disettes banales comme on quitte un rôle. Il n'y voulait plus aller, aux sources, parce que ça le rendait trop malade. Une huitaine de jours à garder le lit, les membres tordus, comme un qui tomberait du haut mal. Sa défunte mère, — que le bon Seigneur la repose, la pauvre femme, — lui disait bien qu'il avait revilé sur de l'eau, et ça devait être vrai... — Non, il ne voulait plus. Déjà il avait refusé un riche propriétaire, qui lui offrait une belle somme, pourtant ; mais qu'est-ce que l'argent, au prix de la santé ?

La Maudette approuvait, rappelait ses récents souvenirs, et toute la gêne qu'apporte la maladie ; mais, se reprenant à sa sagesse égoïste et pratique de paysanne, elle insinuait qu'il est nécessaire de s'aider, entre voisins, de consentir à des sacrifices. On ne sait pas de qui on peut avoir besoin. Et quand on demeure porte à porte...

— Eh ben oui ! allons, pa'ce qu'ol est vous. »

Elle épousseta vivement son bas, d'un geste joyeux. Mais quand elle eut entendu le prix, dix francs, elle se récria. Ça serait bien assez de cent sous ! — Ils marchandaient, chacun d'eux défendant ses intérêts, âprement. Et elle ajouta dix sous, puis cinq, puis cinq encore. S'il n'était pas content , là ! gagner deux écus en moins d'une demi-heure... — Mais lui, comme excédé de la discussion, avait repris ses outils, traçait des lignes sur une planche. Elle continuait à vouloir l'enjôler, cailletant derrière lui, presque dans son dos. Il se retourna.

— Pas la peine de tant bredasser. O ne se fera ni p'r six francs, ni p'r sept, ni p'r huit, ma paure boune femme. Olle est dix, et olle est dix... »

De la toux l'interrompit, secouant son corps, — la face violette, les veines du cou gonflées, — et le râle, d'un vieux linge qui se déchire.

Quelques jours plus tard, la nouvelle se répandit, en surprise, que des créanciers avaient fait saisir, chez Sicault, et l'éveil donné de cette détresse, maintenant les réclamations pleuvaient, des créances datant de plusieurs années, et qu'il avait négligées, tout son gain s'en allant au gré de ses caprices, dans les cabarets, dans les maisons de filles. Sa vie se racontait par bribes, à la fontaine, entre deux coups de battoir ; sur la place où les paysannes commençaient à se rassembler aux premiers soleils ; sous le clos des fermes, les jours de pluie, quand les femmes font ripaille, les grands bols de café en rond autour d'une bouteille d'eau-de-vie achetée avec les sous grapillés en cachette sur la vente du beurre ou de la volaille. Tout se découvrait peu à peu, passait au crible de la médisance, ses fredaines, ses noces, ses bordées, une passion de jouir lâchant sa frénésie partout où les villages s'amusent. Et sa dernière aventure, un retour de la ville en pleine nuit d'hiver, si effroyablement ivre, qu'il s'était couché sur un tas de cailloux pour y dormir ! Il y avait gagné la maladie qu'il traînait depuis plusieurs mois, dédaigneux des ménagements envers son corps, et qui, s'aggravant subitement dans la débacle où sa maison s'engloutissait, venait de l'obliger à s'aliter. Alors, toutes les cabaretières du village vinrent en procession pour se faire payer ; et ce fut un vrai pillage, le sac de la garde-robe, de tout ce que l'huissier n'avait pas saisi, — tellement que le maire dut s'interposer, régler la part de chacune, et faire entrer à l'hôpital ce malheureux sans famille, à qui il ne restait plus même un chez-soi,— pour s'y soigner.

De ce jour la curiosité dénigreuse des paysans s'inquiéta de ce qu'il devenait. Et le scandale fut à son comble, quand on apprit que, sorti de l'hôpital, convalescent, trop faible désormais pour travailler, il mendiait son pain, de porte en porte.

III

Un tantôt, la Maudette, revenue de porter la soupe à ses gens, qui moissonnaient au Champ-Boisselier, marchait par les allées de son verger, hersant de ses sabots le hérissement fpoudreux des herbes, — en quête de son repas du soir.

Les choux avaient couché leurs grandes fanes bleuâtres sur le sol, des haricots recroquevillaient leurs feuilles ; ftoutes les plantes se navraient dans l'anémiante sécheresse, dans la chaleur implacable qui ruisselait du soleil fdepuis le commencement de l'été. La fpaysanne contemplait cette désolation morne ; ses mains se haussaient, puis retombaien à plat dans les jupes, qui s'épouffaien en un petit nuage de poussière. C'était fmaintenant, devant cette terre brûlée, comme une ob-

session, la pensée du marché interrompu
par sa faute, par la peur du trop de dépense. Sicault demandait dix francs, et
c'était bien trop cher, certainement ; mais
que de temps perdu, depuis que les hommes étaient obligés de revenir avant la
nuit pour aller à la fontaine !

Ses lèvres poilues s'agitaient autour de
paroles que sa préoccupation, à la reprise
des anciens projets, voulait chasser dans
la discrétion des solitudes. Peu à peu elle
haussait la voix pour s'expliquer les choses. On l'aurait fait creuser tout près du
clayon, dans le fond de la cour, — ou
ailleurs : ça dépendait des sources. Peut-
être qu'il en passait une sous ses pieds...
Les sondeurs, c'était un don qu'ils avaient
pour sûr, puisque des gens qui n'avaient
jamais essayé à faire tourner la baguette
réussissaient du premier coup, tandis que
d'autres n'y pouvaient parvenir, malgré
leurs efforts. — Elle pourrait bien tenter
l'aventure, elle aussi, — après tout, on ne
savait pas...

Elle courut couper un brin d'osier, et
tout en l'effeuillant, elle examinait les environs, — redoutant de probables mo-

queries si quelqu'un la surprenait : mais
c'était l'heure où les moissonneurs faisaient la sieste des midis, couchés aux
lisières des champs ; et la campagne paraissait déserte, veuve de toute les créa-
tures qui s'épuisaient à lui arracher sa
sève, la source de vie débordante et in-
tarrissable qui fait fructifier les moissons
des hommes. Des pièces de terre s'incli-
naient, sous le poids des récoltes, jusqu'aux noues grasses de la vallée. La
rivière, alentie aux détours, s'immobilisait
en grandes nappes où les rayons du soleil
s'épanouissaient, braisillaient dans la lim-
pidité des eaux vitreuses. En face, d'autres collines étayaient les larges assises de
leurs ondulations, couronnées de champs
de blé, une gloire de lumière blonde, ne-
tre les clôtures déchiquetant l'horizon.
Très loin, à droite, le clocher de La Chapelle s'enveloppait de vapeurs bleues, au-
dessus de grandes taches régulières, un
peu effacées en de l'air plus dense et plus
bleu. Une route partait de là, une longue
raie tortueuse et blanche, et dans cette
blancheur, un homme cheminait, minuscule et grêle.

Se rassurant, — la baguette d'osier courbée au bout de ses bras tendus, la Maudette parcourut la cour, le jardin, en long, en large, revenant sur ses pas pour n'omettre nul lambeau de terrain, toute la tension de son esprit, vers l'espérance d'une réussite.

— Ouat ! i ne sais pas en cas, allons ! » Son désappointement lança le scion par dessus des clôtures ; puis une nouvelle crainte d'avoir été vue l'obligea d'espionner encore, dans chaque parcelle aperçue, delà l'écran mouvant des verdures.

L'horloge de l'église venait de clamer le coup d'une heure , si loin, que seulement un frisson sonore avait passé. Un peu partout, le travail recommençait en gestes mous, d'une langueur de paresse qui forçait aux étirements nonchalants, les bras en croix, le croissant bleuâtre de la faucille au bout du poing.Et, dans le chemin, la tache noire de la silhouette voyageuse accrocha le regard de la paysanne comme quelque chose d'imparfaitement reconnu, une ressemblance oubliée éveillant des souvenirs, vague et imprécise encore, du lointain où elle continuait de se mouvoir, puis tournant le village, puis engagée dans le raidillon qui montait chez les Maudet.

— Mais... ol' est Sicault, » s'exclama soudain la vieille femme. Ol' est li p'r le sûr... p'r le sûr ! — queu-z-aventure ! »

Et déjà, dans la joie de sa surprise, elle escomptait l'économie, réalisable en employant ce vagabond vivant de pitié et de misère, trop heureux sans doute, de gagner quelques sous — en passant.

A la table où elle l'avait fait asseoir, devant un pot de piquette au marc de pommes arrosé d'eau tous les matins, dont il se versait des petits coups dans le gosier en racontant ses tournées de quêteur, les rebuffades, les mauvais vouloir le chassant d'un « je n'ai pas de quoi » sec comme la tombée d'une porte jetant le mendiant à la rue, — de bonnes journées, tout de même, toujours quelques sous dans sa poche et du pain autant qu'il en pouvait manger, — ce fut un semblant de causerie amicale, entre voisins, les commérages lâchés, les souvenirs s'amenant de fil en aiguille, les trois derniers mois épluchés jour après jour.

Lui, s'engourdissait là, désaccoutumé aux bienvenues, heureux de ne point rencontrer l'hostilité méfiante, sournoise des paysans envers les vagabonds. Pour le mettre tout à fait en bonne humeur, la Maudette lui racontait sa tentative manquée de tout à l'heure.

— Pas possible ! queu bêtise ou-z-avez fait.

Sans préconcevoir de projet, des choses lui venaient, inconscientes, une idée poussant l'autre comme s'égrénent les perles d'un chapelet, — cauteleux et madré, sachant bien qu'il tirerait parti de cette confidence pour se faire payer plus cher. Il délayait ses dires dans les redondances endormeuses du parler campagnard, dans des phrases enchevêtrées, interminées toujours. Enfin il accoucha :

— Ou n'avez jamais vu dire qu'une femme ayisse le don de la baguette, pas vrai ?

— Inon, jamais...

— Eh ben ! o n'est pas seulement qu'a pouvont pas en trouver, oll' est core qu'on ne peut pas en trouver itout, après z'elles. »

On pouvait pourtant y remédier, dé-

truire le charme, mais c'était plus difficile
et ça coûterait moitié plus, pour la peine,
si ᶜ'le voulait toujours. Elle avait promis
si. francs, l'autre fois ; ça ferait juste la
douzaine. Et c'était pas la peine de dire.
Lui seul était capable de désensorceler le
terrain ; et, si elle trouvait le prix trop
élevé, si ça ne convenait pas comme ça...

Il avait parlé très haut pour couvrir la
voix de la Maudette, qui risquait de presque timides observations. Soudain, le
ton changé, soufflant ses paroles en gros-
sières inflexions canailles, les babines
lourdes, rudes de la barbe longue chevro-
tantes sous la poussée d'une honteuse fan-
taisie de vieillard débauché dont personne
ne veut plus, il ajouta :

— S'a veut se mettre toute calette, tenez, la Maudette, i serai bon bougre,... o
ne sera que cent sous.

— Déque donc, toute calette ? »

C'était vrai, il ne lui avait pas dit : une
fille qui ferait le tour du verger, en disant
les prières qui chassent le mauvais esprit
des sources cachées et des trésors souter-
rains.

— Sais pas s'i en trouverai, dame... »

 Déjà sur le seuil, elle allait se mettre
en quête ; une reflexion l'immobilisa : on
ne savait pas, ce gars qui s'était mis
méïot pourrait voler, durant son absence...
On serait toujours à temps quand passe-
raient les bergères pour aller aux champs,
— et tous les deux attendirent, une attente enfiévrée, qui les mettait debout, un
moment, quatre pas vers le chemin, des
remuements brusques, des soupirs, une
menue agitation incessée, trépidante.

Du temps se passait, lentement. Dans
l'immensité des champs, des hommes se
rapetissaient, cassés en deux sur les tâches commencées, hâtant la chute féconde
des épis, dans le grand recueillement des
maturités accomplies. Enfin, un tintement
de sonnailles, des premiers troupeaux sortant des étables, flua grêlement en l'air
calme ; des moutons gravissaient le che-
minet, des goulées d'herbes vertes déro-
bées à la fraîcheur des talus, dans les fossés;
les claquements du fouet cinglant leurs
passives résistances, jusqu'au moment où
toute la bande déboulait, soulevant des
flocons de poussière grise. Derrière, une
fillette s'en allait nonchalamment, grande-

lette, une maigreur effilée d'enfant qui fait sa croissance, un rien de rouge aux lèvres, les yeux cernés d'ombre dans la pâleur chlorotique du visage. Une chemise en toile bise la vêtait de ses plis rudes, décelant aux épaules, aux coudes, la saillie des os.

— O l'est Phrésine, la feille à Gravelot. Fera-t-elle l'affaire ?

— Ouelle ben, tout de même ? »

Des appels, des petits signes, une accourue joyeuse et sautillante : — la Maudette, en le verger, commençait d'expliquer à Phésine ce qu'ils désiraient ; mais, à mesure, elle se sentait embarassée, des scrupules lui venant, qu'elle n'eût jamais soupçonné exister en elle ; un sentiment de pudeur inconnue, qui étranglait les mots, chaque fois qu'elle voulait dire à la fillette, curieusement attentive, qu'il lui faudrait se déshabiller. Elle n'y avait pourtant pas vu malice, tout à l'heure. Deviendrait-elle maintenant, bégueule comme ces chipies de la Chapelle, qui fouettaient des enfants de deux ans, pour avoir troussé leurs jupes dans la rue ! Et l'autre, qui rabattait de sept francs. Il ne fallait point laisser échapper cette bonne aubaine, oh ! non ! on ne gagne pas sept francs tous les jours !

Mais les premières avances trouvaient la petite rétive, jurant ses grands dieux qu'elle ne se déferait jamais. « Que dirait-o les mondes ? » Sa résistance s'accentuait en un trépignement, des injures crachées à la figure du sondeur. Alors la paysanne voulut employer la force. Elle avait saisi la ceinture du jupon agrafé sous les plis retombés de la chemise ; l'enfant se débattait, hurlant des appels ; et le jupon déchiré coulant sur ses hanches, elle détala d'une course éperdue, dans les allées, à travers les plate-bandes, trébuchant sur les choux, décapitant des carottes qui saignaient sous ses sabots, — sentant la poursuivre, l'essoufflement de deux haleines.

— Eh ! là-bas ! nos gens ! faut-o aller vous aider.

— Son père ! »

Des pas roulèrent sur les cailloux, trois hommes débouchèrent, figeant, en une immobilité d'épouvante, le sondeur et sa complice... Sicault, bousculé, se laissa choir en geignant ; et parmi les cris, le hoquet pleurard de la petite, les jurements et les menaces, la Maudette entendait, par lambeaux : « donner de l'argent,... elle irait en prison. » — Elle tremblait, pitoyable sous leur colère, criant grâce de toute sa fluette personne, prostrée d'humilité et de repentir. Eux n'avaient voulu que l'effrayer, le père de Phrésine préférant une grosse rançon à l'aléa d'un procès où lui-même mangerait de l'argent.

Sans force, sans vouloir, — les latentes révoltes de son avarice, réprimées par la peur de la justice dont on la menaçait, — elle se laissa conduire à l'armoire où elle gardait ses économies..des pièces blanches gouttèrent sur la table, une, deux, trois... jusqu'à dix... Elle regarda s'en aller cette portion d'elle-même, de son cœur, debout près de la porte, la respiration coupée, deux longues raies de larmes coulant sur la crispation de ses rides, — dans le roulis tournoyant qui semblait entraîner autour d'elle, les objets familiers.

« TARDE-A-CREVER »

A Camille Lemonnier.

A longues enjambées battant les jupes,
la Goulard s'en allait, précédant de quelques pas l'empirique, qu'elle venait de
quérir au prochain village, pour soigner
un porc malade. Lui se hâtait à la suivre,
essoufflé, mafflu et crapoussin, — jurait
contre le chemin défoncé, zigzaguait une
démarche d'homme saoûl afin d'éviter les
ornières et les flaques. Au bout d'un quart
d'heure, ils débouchèrent sur un plan
communal, encombré de pièces de bois
en déroute, avec, tout autour, des maisons accroupies, désertes, lâchant, chaque
matin, leur volée d'êtres humains, qui

peinaient, à cette heure, à vouloir féconder la terre.

La Goulard poussa une barrière, toute de guingois entre ses montants fendus, noués de cordillons dévrillés ; puis, après des façons, simulant des politesses, l'homme entra.

Le va-et-vient journalier des pas avait mangé la cour, qui s'enfonçait entre des bâtiments noirs, boueuse et noire, — des cailloux enlisés çà et là, des grosses pierres plates guéant des routins étroits, pour les jours de pluie. Vis-à-vis d'une écurie en torchis fendillé, la façade de l'habitation se dressait, avançait sous une lucarne vitrée, barrée de deux morceaux de fer en croix, la margelle extérieure de l'évier, poisseuse, verdie de touffes d'ache, Des moëllons, polis à l'usure des frottements séculaires, encadraient les ais massifs de la porte, où d'énormes, têtes de clous, octogonales, constellaient un Z, en points de rouille. Un prunier au tronc écorché, à peine feuillu, malingreux et nostalgique, végétait non loin d'une construction basse, accotée au mur de la maison.

— C'est là dedans?

— Oui. » Et tout de suite, la paysanne recommençait le récit, tant de fois rabâché au long de la route. « Ça l'avait pris de matinée ; il s'était mis à trembler, et n'avait plus voulu toucher à sa mangerie. Elle avait tenté tout, inutilement, pour lui faire prendre un peu de nourriture, lui présentant jusqu'à du lait sucré. Maintenant il était à bourder tout le temps sur sa litière...

— ... Tenez, regardez. »

En la quasi obscurité de la soue apparurent vaguement des logettes étroites, que parquait un assemblage de claies, sous les pendeloques loqueteuses des toiles d'araignée. Dans un des compartiments, un cochon, rose et gras, grognait faiblement. L'empirique s'accroupit, palpa l'animal immobile, le fouettant du bout des doigts pour l'obliger à se lever, ponctuant son examen attentif de « hum... hum... »

— Faudrait une chandelle. On n'y voit pas. »

La fermière partie, à peine, — un brisement de paille sèche stria le lourd silence enténèbré qui s'épandait, puis un halètement monta d'un coin d'ombre, démesu-

rement grossi, dans le calme ambiant. Ce
semblait être la respiration, brève et sif-
flante, d'un qui se serait épuisé à quelque
besogne surhumaine. Puis, le même fris-
selis de paille écrasée recommença, suivi
d'un vagissement pâteux, une voix bre-
douillante et moribonde, qui devait appeler ; — « Sophie... »

L'empirique se redressa, frissonnant,
effleuré d'un ramentevoir des superstitions
anciennes, s'attendant presque à voir quelque trépassé surgir blafardement. Mais le
pas de la Goulard chassa ces hallucina-
tions d'épouvante. « Est-ce qu'il allait devenir peureux, à présent ? Le vent hurlait
sans doute dans les charpentes, et c'était
ce bruit qui l'avait effrayé. » — De la
clarté entra, avare, luante autour du lu-
mignon jaunâtre et fumeux du *chareil*,
mais offusquée ensuite d'une pénombre,
la sombreur repoussée en masses plus
denses, au loin. Et tous les deux, réac-
croupis, leurs ombres cassées aux angles
des murs, accrochées à tous les barreaux
des claies, causèrent par petites phrases,
à voix basse.

— Faut le saigner, que voulez-vous ? Y a pas d'autre moyen. »

Il retourna l'oreille, poilue aux bords de longues soies, — planta sur un réseau de veines violettes la pointe d'une flamme, qui creva la peau en une minuscule détonation.

— Y ne saigne pas ?

— Non... Mauvais signe... Apportez-donc des scions, pour lui battre les oreilles. »

Et, dans la sonorité fluette de ce tambourinement inrythmique, qui bruissait au travers des lamentations de la paysanne, — « elle l'avait payé quarante francs, et ça serait bien malheureux, n'est-ce pas, si elle le perdait, après deux mois de soins et de bonne nourriture, » — un gémissement s'éleva, articulant, plus nettement, cette fois : « Sophie ! »

La Goulard cria, à pleine voix :

— Qué qu'ou v'lez, vous itout ?

— I ne peux pas me virer...

— Avoure ! »

Le tapottement des scions recommença. Dehors, sur le plan communal, des enfants animaient l'engourdissement du village, d'un refrain de ronde.

> Un p'tit ciseau, d'or et d'argent.
> Ta mèr' t'appelle, au bout du champ,
> Pour y manger du lait caillé,
> Que la souris-t-a barboté
>   Pendant deux heures de temps,
>   Va-t-en.

— Sophie !

— Oh ! qué patience !

— C'est vot' beau père ? » demanda l'empirique.

— Oui.

— Allez donc voir ce qu'il veut. »

La Goulard haussa les épaules, — on ne le demandait pas pour donner des conseils, peut-être ! — Cependant elle s'était levée, et tous deux marchaient à petits pas, sur le fumier épandu, qui jutait sous leurs sabots.

Sur une paillasse, jetée à même le sol, des drapillons amoncelés laissaient passer deux pieds nus et crasseux, moulaient un long corps étendu sur le dos, la poitrine découverte, velue dans le triangle ouvert par la jabotière de la chemise. Le cou raide et tordu, inclinait à demi vers l'épaule gauche, une tête creusée de deux yeux vitreux entre des paupières saignantes, où la bouche s'arrondissait, les lèvres ouvertes en trou de vrille, où des rides, pâlement pâles sous une vêture de barbe grise, gardaient une immobilité flaccide de chairs mortes.

— I ne peux pas me virer, » répéta dolentement le malade ; et son effort impuissant promenait dans le vide, une main dont les doigts crispés, à vouloir chercher un appui, écorchaient par instants, du bout des ongles, la patine sombre du vieux mur.

La Goulard se pencha, semblant répugnée, aggripa une épaule qu'elle tira vers elle à coups violents, entassa quelques chiffons derrière le dos, puis, hargneuse :

— C'est-i tout ce qu'ou v'lez ?

— I v'drais manger...

— Faut toujou bé qu'i vous trempe vout' soupe, avant ! »

Et elle détala, nerveusement. La porte de la maison cogna dans l'embrasure ; des paroles glapies, de colère et d'injure, arrivèrent par bouffées.

— Alle est tou,ou de même, geignit le

vieillard ; a se fache toujou, quand i de-
mande queuque chouse.

— Pauv' vieux bougre ! »

Emu de cette compassion qui lui venait,
il reprit en mots grelottants, à peine arti-
culés :

— I sais paralysé... » Puis de courtes
phrases essoufflées remuèrent le passé ;
pendant que l'empirique, assis au chevet
du grabat sur une chaise dépaillée qui
servait à la trayeuse des vaches, se réca-
pitulait, à mesure, en des ressouvenirs
fragmentés, cette existence coudoyée à
longs intervalles ; des rencontres se pré-
cisant, dans l'éloignement des années en-
sevelies ; une suite de tableaux évoqués
du tréfond de la mémoire, où passait, dans
le grand décor inachevé des campagnes
fertilisées, la silhouette du paysan solide
et dur, que la vieillesse, tard venue, cul-
butait un jour dans un sillon, — en plein
travail.

Son fils aîné, un vieux garçon gauche et
balourd, accourut, ahuri par des avis con-
tradictoires, déconcerté en présence de
cette maladie subite, qui ne laissait pas
à son esprit, le loisir d'une réflexion. Des

voisins le conseillant, il fit écrire à son frère, établi dans un bourg éloigné, le suppliant de venir chercher leur père infirme, proposant de payer la moitié de la dépense.

— Je mets la main à la plume pour te dire que nous ne voulons du vieux ni pour un prix ni pour l'autre, répondit le cadet des Goulard. Je te dirai que nous vivons tant qu'à tant, nous autres, et puisque tu es si riche que de nous offrir de nous payer de la pension, je peux te dire que tu feras bien de mettre ton père en pension dans ton village; et je te dirai que tant qu'à nous, nous ne pouvons pas t'aider à la payer. »

Durant quelques années, il dépensa ainsi ses gages, entama des économies péniblement amassées.

— Vous devriez vous marier, aussi, lui disait-on. Il y a la Sophie, de la Gensonnière, qui ferait tout à fait votre affaire. Bonne travailleuse, cinq ou six cents francs de prêtés, vous pourriez prendre une petite borderie, et votre père serait benaise jusqu'à la fin de ses jours...

— Ma bru m'a ben été boune, ben boune, dans le d'abord, » hoquetait maintenant le vieillard, lentement, épelant chaque mot syllabe à syllabe. « Mais depuis huit mois... a ne veut pu me veure. A me dit qu'i sais un vieux tarde-à-crever, mais o ne tarderait po, s'i pouvais me pérî...

— Vous périr !... Mais ça n'est pas joli, oui, mon pauv' vieux, ce que vous dites là. Faut pas avoir des idées comme ça...

— Depuis huit mois... heuh... depuis huit mois... i couche dans le tet aux gorets... A me faisait manger dau rôties graissées de fromage mou,... mais i ne peux pu mâcher... »

Le père Goulard s'interrompit, paraissant vouloir reprendre des forces pour continuer sa confession douloureuse. Le chareil, planté aux interstices de la muraille, brûlait d'une grande flamme, plus vive et plus claire, qui séchait les dernières gouttes d'huile, et les guenilles de la couche avaient l'air plus sordides et plus malpropres, partout rampantes, dégringolées autour de la paillasse, allongées vers le mur, terreuses, effiloquées et incolores ; des vieilles jupes, des pantalons ouverts de grandes déchirures, jetés là au tas, au débarras.

Soudain, de son bras valide, le paralytique ébaucha un geste apitoyé, — sa pensée triste, de vieillard qui a trop vécu, rêvant d'un avenir qui le vengerait de toutes ses souffrances, supportées jusque là avec une résignation presque fataliste.

— La malheureuse ! a ne sait point ce que sa vieillesse li garde ?...

— Eh bé ! ma foué ! quand i serai de même, i ou garderai ! » La voix de la Goulard se faisait plus agressive, éclatant dans l'imprévu de sa rentrée inaperçue, épiante, aux écoutes, sûre d'entendre parler d'elle. Le pli tombant de ses lèvres minces, en une impassible expression de rancune et de dépit, semblait la mûrer contre les pitiés adventices. Et, du même pas automatique et raide qui, naguère, l'avait emmenée vers sa demeure elle apporta près de son beau-père une écuellée de soupe fumante, qu'elle se mit à lui faire avaler, l'abecquant comme les petits enfants.

L'empirique s'était levé, prêt à part...

— Combé qu'i vous devrai, donc, lui demanda-t-elle.

— Hum... ou me dounerez quarante sous. »

Poussant un long soupir, la paysanne sortit des profondeurs d'une poche cachée sous ses jupes, une vieille bourse en coutil, se pencha vers la lumière pour compter des petites pièces, qu'elle étalait dans la paume de sa main : « Dix, vingt, trente, quarante. Et s'o peut le soulager, s'ment... » Puis, se reprenant maussadement à sa besogne de garde-malade, toute sa mauvaise humeur creva en paroles aigres, comme un hoquet de bile remonté aux lèvres.

— Allons, vieux doune peine ! v'driez-vous po un médecin itout, vous ? Pas queme mon paure goret... S'l creve, li, o sera de l'argent brûlé, dame ! »

. . . .

De nouveau, l'accalmie refaite que troublaient seuls les gargouillements d'une déglutition pénible, les rumeurs extérieures pénétrèrent dans la soue, des marches lourdes de paysans, le passage d'un tin-

tement aigre de grelots, de voix enfanti-
nes chantant une ritournelle jamais finie,
accompagnée des claquements précités de
petites mains qui devaient avoir, dans le
crépuscule tombant, des frétillements
joyeux de castagnettes.

TABLE

BIBLIOTHÈQUE
Artistique et Littéraire
36, Boulevard Arago, PARIS

COLLECTION D'ART

Éditée sous le patronage de « *La Plume* »

ŒUVRES DÉJA PARUES :

1. — **Dédicaces,** poésies, par Paul Verlaine, tirage à
350 exemplaires numérotés : 50 ex. à 20 fr. ; 50 à 5 fr. ;
et 250 à 3 fr. (*épuisé*).

2. - **A Winter night's dream** (*Le Songe d'une Nuit
d'Hiver*) poème lunatique, par Gaston et Jules Couturat,
de l'Ecole funambulesque, tirage à 250 exemplaires numérotés : 25 ex. sur grand Japon à 20 fr. ; 25 sur papier
à la forme à 5 fr. et 200 à 3 fr. (*épuisé*).

3. — **Albert,** roman, par Louis Dumur, tirage à 500 exemplaires numérotés : 25 ex. sur grand Japon à 20 fr. et
475 sur simili-japon à 3 fr.

4. — **Les Cornes du Faune,** poésies, par Ernest Raynaud,
tirage à 162 exemplaires numérotés : 12 ex. sur grand
Japon à 20 fr. et 150 sur simili-hollande à 3 fr.

5. — **Le Fi Bâlouët,** études de mœurs paysannes, par
Jacques Renaud, tirage à 212 exemplaires numérotés :
12 ex. sur grand Japon à 20 fr. et 200 ex. sur simili-
japon à 3 fr.

Ces éditions ne seront jamais réimprimées.

ACHEVÉ D'IMPRIMER

le 15 Avril 1891, à Annonay (Ardèche)

par JOSEPH ROYER.

9 782019 682491